ハーレクイン文庫

誘惑の千一夜

リン・グレアム

霜月　桂 訳

HARLEQUIN
BUNKO

AN ARABIAN COURTSHIP

by Lynne Graham

Published by Harlequin Japan, a Division of K.K. HarperCollins Japan, 2024

誘惑の千一夜

◆主要登場人物

ポリー……………………………………………学生。
アーネスト・バリントン………………………ポリーの父。元外交官。
アンセア・バリントン…………………………ポリーの母。
クリス・ジェフリーズ…………………………ポリーの幼なじみ。
ラシッド・イブン・サウド・アル・アザリン……ダレイン王室の皇太子。
レイジャ国王……………………………………ラシッドの父。
ベラ……………………………………………ラシッドの元妻。故人。
アシフ…………………………………………ラシッドの弟。
シャサ…………………………………………アシフの妻。

1

車体の長いリムジンが門の中に入ってくるのを見ると、ポリーは息が苦しくなった。手の震えをとめようと、両手をかたく握りあわせる。ラシッド・イブン・サウド・アル・アザリン皇太子がいよいよ到着したのだ。ポリーはその光景から目をそむけた。

「ねえ、こっちに来たら?」ポリーの十五歳の妹、マギーが言った。「そこからじゃあ彼の姿が見えないでしょう?」

「見るのはあとのお楽しみにとっておきたいのよ」ポリーはマギーに向かって、かたい声でつぶやいた。

マギーのもとに十二歳のジョーンと四歳のエレインが駆けよったが、エレインにはなぜみんなが興奮しているのかわかるはずもない。ただ仲間はずれにされまいとしているだけなのだ。三人で窓辺に寄り集まり、もっとよく見ようと首を伸ばしている。ポリーは気をしずめるためにゆっくりと深呼吸した。妹たちを夢中にさせているものも、彼女にとっては災厄でしかない。これが本当に現実なのだろうか?

ここは女性解放が叫ばれている現代のイギリスだ。なのに、なぜ見知らぬ男と結婚しなければならないのかしら?

「車がとまったわ。ボンネットに小さな旗が付いている。きっとダレイン王室の旗ね」マギーが陽気に実況中継をした。「運転手がおりてきた。いま、後部座席のドアを開けている……。スラックスをはいた脚が出てきたわ」

「お願い、やめて!」ポリーが涙声で懇願すると、三人の妹たちははっとして一瞬黙りこんだ。

マギーは申し訳なさそうに唇をかみ、姉が顔を両手でおおってアームチェアーにどさりと腰かけるのを見つめた。

「彼、ローブを着てないわ」ジョーンが不満そうに言った。

「お黙り!」マギーはジョーンをこづいた。「ポリーは気分が悪いのよ」

ジョーンはぎょっとしたように長姉を見た。「いま病気になったらパパが怒るわよ。ママだってもうすっかり舞いあがっているんだし」

「ポリー!」マギーが不意に叫んだ。「ラシッドってすごくすてきだわ――冗談ぬきで!」

「ラシッド皇太子よ」ジョーンが生意気に言った。「あまりなれなれしい態度をとってはいけないわ」

「だってわたしたちの義理のお兄さんになる人なのよ!」マギーは言い返した。

ポリーは身をすくめた。緊張のあまり、こめかみがずきずきしている。今日は朝から時間の流れかたがやたらに遅かった。昼食のテーブルでは誰もが口数少なかった。ポリーは何も食べなかったし、父も同様だった。ポリーの責めるようなまなざしに耐えかねたのか、早々と書斎に引っこんでしまった。

ポリーの肩にマギーがぎこちなく手をかけた。「彼、本当にすごく魅力的よ」

「それならなぜ自分の国で妻を買うことができないの?」ポリーはティッシュで涙を押さえながら言った。不安がまた胸に広がりはじめている。

「あんたたちはもう解散!」マギーがジョーンとエレインに向かってどなった。「ただし姉さんが泣いてることをママに言っちゃだめよ!」

その芝居じみた言いかたに現実的なジョーンは顔をしかめた。「どうして泣かなきゃならないの? ポリー姉さんは皇太子妃になるのよ。わたしだったら有頂天になっちゃうわ」

「だったら、あんたが長女に生まれればよかったんだわ」マギーはドアを開けながら言った。

二人の妹はそのドアを音高く閉めていった。ポリーは感情的な態度を恥じ、銀色がかったブロンドの巻き毛を震える手でかきあげて涙を拭《ふ》いた。「これが現実だなんてまだ信じられないわ。もしかしたら彼は来ないんじゃないかと思っていたのに」

「パパは絶対来るはずだと言ってたわ。名誉の問題なんだからって」マギーが答えた。

「パパがレイジャ国王の命を銃弾から守ったときの話をするたび、わたしたちは笑っていたけどね。あの話、もう千回は聞かされたわよね。姉さんは第二夫人になるのねって、わたしはよくからかったものだわ。それがわが家のお決まりの冗談だった」

でも、もはや冗談ではないのだ、とポリーはみじめな気分で心につぶやく。三十年ほど前、アーネスト・バリントンはペルシャ湾岸諸国の一つで大使館付きの若き外交官として働くかたわら、休暇を利用しては近隣の国々を訪ね歩いていた。あるとき彼はアラビア半島南部に位置するダレインの未開地まで足を延ばした。当時のダレインは民族間の激しい抗争に悩まされ、前世紀からほとんど文明化が進んでいなかった。ポリーの父はその旅の道中で病気になり、ダレイン国王の弟アクメド王子が率いる遊牧民《ベドウイン》たちのキャンプに助けを求めた。

アクメド王子は若いイギリス人の体を気遣い、彼をジュマニ郊外の宮殿に連れていって手厚い看護を受けさせた。父はそこで健康を回復し、出発前に光栄にも王家の狩猟パーティに招かれた。

ところがその出先で、彼を招いてくれたレイジャ国王が暗殺されかかった。そのショッキングな事件の詳細は少々曖昧《あいまい》だ。ポリーの父親は年ごとに少しずつ話を脚色し、改訂を重ねてきた。枝葉をとりのぞいた基本的筋書きは、日の光を反射するライフルに気づいたアーネストがとっさに国王に飛びかかって地面に伏せさせ、そのはずみで頭に軽い怪我《けが》をしたというものだ。国王は感謝の念からその場で宣言した。将来自分の長男の妻に、アーネスト・バリントンの最初の娘を迎える、と。

〝あのときはさすがにあきれてしまったよ〟アーネストはそこで必ずくすりと笑った。〝わたしはまだ結婚もしていなかったんだからな！　だが、それがレイジャ国王の考えついた最高の贈り物だったんだ。西洋人に対してはかなり疑い深い人だったから、よくよくわたしを買ってくれたんだろうよ〟

そんなふうにこの話はディナーに訪れた客たちを楽しませるため、異国の文化を物語るエピソードとして披露されてきた。その後、アーネストがレイジャ国王と再会することはなかった。アーネストはおじからウスター郊外の土地を相続した直後に外交官を引退したが、いまから十二年前、ラシッド皇太子がアクメド王子の娘ベラと結婚したことを噂《うわさ》に聞いたときにも、機嫌よく笑ったものだった。以来ポリーの家族は、コーランによるとイスラム教徒は四人まで妻を持てるのだと言い、折にふれてポリーをからかってきた。しかし、それは誰にとってもあくまで面白い冗談でしかないはずだった。

父がレイジャ国王との旧交をあたためようと考えついたのはわずか一カ月前、父自身が深刻な経済的危機に直面したときのことだった。国王がロンドンに外遊していたので、アーネストは謁見を願いでることにした。〝彼に融資を頼もう。きっと喜んで助けてくれるはずだ〃父は楽観的に断言した。

謁見の日、アラビア語をすっかり忘れていた父に、レイジャ国王は通訳を介して親しげに話しかけてきた。近況を尋ねられ、父は四人の娘とまだ赤ん坊の息子の写真を誇らしげに見せた。それに対し国王は、息子のラシッドが四年前やもめになってしまったことを口にした。ベラが二十六歳の若さで、急な階段から転落して亡くなったのだという。

〝むろんわたしはお悔やみを言ったよ。だが、融資の話はなかなか切りだせなかった。そのうち国王がわたしとの約束を守らなかったためにずっと気がとがめていたと言いだし、わたしは本当にびっくりした。気にすることはないと慌ててなだめたが、彼はポリーのことをあれこれ尋ねはじめてね。しかし、そのときにもまだ彼が三十五年前の約束を果たそうとしているのだとは思いもよらなかった〃

ポリーは父がそれまで以上にゆっくりしたペースでクライマックスへと話を引っぱっていくのを茫然《ぼうぜん》と聞いていた。〝彼はラシッドの再婚を心から願っていると言い、わたしに握手を求めた。わたしがその手を握り返すと、通訳はこれで決まりだと言った。わたしは何が決まりなのかときいた。すると国王は、わたしの息子があなたの娘を妻にめとるのだ、と答えたんだ。わたしは絶句した！〃そこで父は汗ばんだ額をぬぐった。〝それから彼は結納金についてしゃべりだし、わたしが口をはさむ余地はなくなってしまったんだ。国王は老獪《ろうかい》な人物だが、この結婚が彼の得になるとは考えにくい。要するに彼は名誉にかけて約束を果たすつもりなんだよ〟

不快な回想からさめ、ポリーはしゃがれた笑い声を響かせた。「パパはわたしを売ったんだわ。人身売買なんて、もう過去の話だと思っていたのに！」

「ひどいわよ、そんな言いかたは」マギーが言った。

いや、ひどいのはこの現実だ、とポリーは胸につぶやいた。なぜ国王は無条件で融資を申しでてくれなかったのだろう？　そう思うそばから、理性が無情に指摘する。お金を借りても父は返せる立場にないのだと。

「パパは、無理することはないんだ、姉さん自身が決めることだと言ってたわ。ええ……書斎の外で立ち聞きしていたの」マギーはしぶしぶ白状した。「いやなら無理にラシッドと結婚する必要はないんだってパパは言っていた」

だが、父がそういう途方もないことを選択肢に含めたという現実そのものが、父の逼迫《ひっぱく》した状況を如実に物語っていたのだ。残念なことにアーネスト・バリントンは贅沢《ぜいたく》を好み、以前から分不相応な暮らしをしてきた。父が相続したレディブライトの土地も、大家族に華やかな社交生活をさせられるほどの収入はあげてくれなかった。銀行からレディブライトを抵当流れにして競売にかけると通告された時点で、贅沢三昧《ざんまい》の生活を続けてきたつけがとうとうまわってきたのだった。

追いつめられていた父にレイジャ国王が提示した結納金の額は、負債を返済したうえに次世代まで一族の財産を保証するに足る莫大《ばくだい》なものだった。溺《おぼ》れている人間がロープを投げられたら、ためらいはしない。金の話が出たとたん、父は問題を一挙に片づける奇跡の解決法に目がくらんでしまったのだろう。

〝おまえもびっくりしたろう、ポリー〟と父は言った。〝なにしろ相手は皇太子だ。ゆくゆくは国王になる男だぞ〟

放心状態で話を聞いていた母は、うっとりしたようにつぶやいた。〝わたしのポリーが皇太子妃！〟

アンセア・バリントンはその日からずっと夢見心地だ。実際ポリーの両親は不愉快な現実を粉飾することにかけてはたぐいまれな才能があった。ポリーは逃げようもなく罠《わな》にかかってしまった。だって家族を窮乏生活に追いやることなどできるわけがない。貧しさに耐えられないのは母も父とご同様だ。それに三人の妹や、いまポリーの足もとで積み木遊びをしている小さなティモシーはどうなるの？　自分が享受してきた安楽な暮らしをこの子たちからとりあげるわけにはいかないわ。

それに、この結婚を拒む理由がどこにあるだろう。愛する男性とはどうせ結婚できないのだ。ポリーが愛している男性は彼女を愛してはいない――少なくとも女としては。クリス・ジェフリーズは妹に対するようにかわいがってくれるだけだ。

クリスの家は近所で、ポリーの一家とは家族ぐるみの付きあいをしてきた。言わばクリスは幼なじみだ。いま考えるとそれが悪かったのかもしれない。

ポリーの十代は楽しいことばかりではなかった。家でつらいことがあると、彼女はクリスに慰めを求めた。おくてのポリーは、すらりとした美人の母から見たら小太りの醜いあひるの子でしかなかった。そのうえ、ポリーの内気さも外向的な両親には歯がゆい限りだった。彼女が男の子やファッションに夢中になることもなく、図書館司書をめざして勉強ばかりしているのを親は喜ばなかった。ポリーの向上心を理解し、応援してくれるのは、現在医学部で学んでいる二歳年上のクリスだけだった。

そんな彼に恋をするのはしごく自然ななりゆきだった。クリスはいつでも悩みを聞いてくれた。少女時代のポリーはいずれ彼と結婚するのだと無邪気に信じていた。思春期の贅肉が落ちて、ふわふわしたブロンドやしみ一つない肌を持つスリムな娘へと見事な変貌《へんぼう》をとげると、ポリーはクリスが自分を恋人にしてくれるのを心ひそかに待った。

だが、一年前の十九歳の誕生日、彼女は夢が夢でしかないことをついに認めざるを得なくなった。クリスが当時付きあっていたガールフレンドにポリーを〝妹みたいなものだ〟とあっさり紹介したのだ。

以来、ポリーは想像の世界に生きるのをやめ、それまで断りつづけてきた大学の同級生たちからのデートの誘いに積極的に応じるようになった。だが、誰と会っても最後は決まってなじられた。きみはあまりにおかたいとか、異常だとか。クリスを忘れようとした試みはことごとく失敗に終わった。いまでも彼を愛しているのだ。この愛は永遠に吹っきれないだろうとポリー自身あきらめている。

クリスと結婚できないのなら、誰と結婚しても同じではないか？　そう自分に言い聞かせ、彼女はラシッドと結婚して家族を助けることに同意した。そしていったん同意してしまうと、誰もが賄賂《わいろ》のことは忘れ、何か特別に名誉なこととしてポリーが選ばれたかのようにふるまった。

残念ながらいっときの義侠心《ぎきょうしん》からかためた決意は厳しい現実を前にして揺らぎはじめていた。その現実とは、いま階下に見知らぬ男がいて、その男がどんな男だろうと自分の夫になるのだということだ。

「まだ着がえてないの？」母アンセアの悲鳴にも似た声が戸口で響き、ポリーの物思いを打ち破った。「そんな格好ではラシッドに会わせられないわ。そんな――」

「ふだんの格好では？」ポリーはそっけなくあとを引きとった。「彼にはありのままを見てもらったほうがいいのよ。おしゃれとは無縁のわたしをね」

「そんな聞き分けのないことを言わないの」シルクのスーツとパールで優雅に装ったアンセアは哀願するように言った。「とにかく早く着がえて」

「彼はどこなの？」

「お父さまの書斎よ。いま結婚式について話していたの。セント・オーガスティンだけでなく、ダレインでももう一度式を挙げることになるみたい。彼、面白いことを言ってたわ」アンセアは少女のようにくすくす笑った。「前の奥さんの顔を初めて見たのは結婚式が終わってからだったんですって。あちらではそれが普通らしいわ」

ポリーはぶるっと身震いした。まだラシッドとは顔をあわせてもいないのに、もう結婚式の打ちあわせだなんて！　そのうえ、母はこの異常な状況をごく自然なことのように受けとめている。「そんなの野蛮だわ！」

「何を言ってるのよ、ダーリン」アンセアは叱《しか》りつけるように言った。「彼は慣習を破ってあなたに会いにきてくれたのよ。わたしたちには奇妙に感じられることでも、彼にとっては普通なんだわ」

「三十二歳の男が父親に外国人の花嫁を選んでもらうのが普通だっていうの？　ここに来ただけでもありがたく思えって？」

「彼は皇太子なのよ、ポリー」

「そんなこと関係ないわ！」

「子供にとって何が一番いいのか、親にはわかっているのよ。お父さまも言ってたでしょう？　見合い結婚は離婚率が非常に低いんだって」

慰めにもならないその言葉を聞き流し、ポリーは自室に急いで洋服だんすの扉にかかっているひらひらしたドレスを眺めた。パウダー・ピンクのジョーゼット。ポリーが着たらパーティドレスでおめかしさせられたお子さまみたいになってしまう。身長百七十三センチのアンセアには着こなせても、百五十三センチのポリーには無理だ。「こんなの着られないわ！」にわかに動揺して、ポリーは叫んだ。

「緊張してるのね。無理ないわ」アンセアがなだめにかかった。「ラシッドは何日か泊まる予定だし、帰るまでにはあなたも落ち着くでしょうよ。自分がいかに幸運か、まだよくわかってないだけだわ」

「幸運？」ポリーの声がうわずった。

「普通の女性なら誰だって胸を躍らせるはずよ」アンセアはいらだたしげな口調になった。「わたしは十八で結婚し、十九で母親になったけど、退屈な本とにらめっこしているあなたよりは、ずっと幸せだったわ。子供が生まれたらあなたにもわかるわよ」

その言葉にポリーは真っ青になった。「子供？」

「あなたは子供好きだし、彼には子供がいない。かわいそうに、ベラは不妊症だったのね」アンセアはにこやかに続けた。「レイジャ国王は男の孫ができるのを楽しみにしてるでしょうね。お世継ぎを産んだら、あなたも鼻が高いわよ！」

子供……。子供を作る……。ポリーは胸が悪くなった。ダレインにベビーブームを巻き起こすための道具にされるなんて考えたくもない。レイジャ国王がポリーを適任と考えたのは当然だったのだ。ポリーの母は五人も子を産んだのだから。

「彼は自信にあふれていてハンサムで、とても魅力的よ。皇太子というだけあって、高貴な雰囲気もあるわ」アンセアはうきうきと続けた。「マナーもいいし、英語もなかなか流暢《りゅうちょう》よ。弟君のアシフと違って、イギリスで教育を受けたわけでもないのにね」

母の際限のない賞賛の言葉に、ポリーは息がつまりそうになった。

「髪はアップにしましょうね――少しでも背が高く見えるように」アンセアは次々とヘアピンをさしていった。「彼の目はとてもきれいなブルーなの。誰からあんな目を受けついだのかしらね」

目がブルーだからってなんだというの？　母は彼の地位に恋しているのだ。彼には欠点などないも同然だ。たとえ彼が蛙《かえる》でも、母は何かしら美点を見つけだしていただろう。なにしろ皇太子なのだから。

「わたしも鼻が高いわ」アンセアは目をうるませた。「あのダイアナ妃でさえ、伯爵家のご令嬢だったのよ」

「ポリー！」猟場で鍛えた父の大声が階下から呼びかけてきた。「いったいどこにいるんだ？」ポリーは死刑台に自分を連れていく護送車の音が間近に迫ってきたのを聞いたように思った。階段の上で立ちすくんだままのポリーに、父はいらだったような顔をした。

「早くおいで！」

父は早く娘を紹介してしまいたいのだ。そうすれば、あとはのんびりと、この縁組がごく自然なものであるようなふりをしていられるから。

ポリーの手をとり、彼は書斎のドアを開け放った。「ポリーです」意気揚々と紹介する。

皮肉なことに、非人間的なまでの落ち着きを見せて暖炉のそばにたたずんでいる黒髪の男の中で、真っ先にポリーの目を引いたのは目だった――北極の氷河のように冷たく、ぴたりと的に向けられた矢のように鋭いブルーの目。

アーネストは咳払《せきばら》いし、一礼して廊下に出ると、ドアを閉められるようポリーをこづいて室内に押しこんだ。背後でドアが閉まると、ポリーの足は根が生えたように動かなくなった。ラシッド皇太子の魅力とやらが気づまりな雰囲気をやわらげてくれるのを待つが、値踏みするような視線に耐えきれず、彼の横の花瓶に目を向ける。

「そんなに恥ずかしがることはない」シルクにベルベットを重ねたような柔らかな声だが、その底にはいらだちがひそんでいた。「こっちに来なさい」

ポリーはこわばった表情のまま、のろのろとカウチをまわりこんだ。ラシッドのほうはまったく動かない。そのうえ、近づけば近づくほどその体が大きく見える。ゆうに百八十センチを超えているだろう。アラブ人にしては珍しいくらいの長身だ。

「次は髪をおろして」

ポリーはとまどった。「髪をおろす?」

「ぼくと結婚したいのなら、ぼくの指示に疑問を投げかけてはいけない」彼はなまりのある英語でものうげに言った。「妻は夫の命令に黙って従うのだ」

　ポリーはその場に立ちつくしていた。相手の自信に満ちた態度は単に傲慢《ごうまん》という言葉では片づけられなかった。不意にラシッドが動いて、ポリーをたじろがせた。髪に長い指を差しいれられ、ポリーは信じられない思いで目を閉じた。この男はどうかしている。そんな人間に抗議しても始まらない。いまや彼は高価なアフターシェーブ・ローションの香りがかぎとれそうなほど近づいている。

　ポリーの髪から無造作にピンが抜かれ、ブロンドが肩にこぼれ落ちた。

「ずいぶん従順だな」かすれ気味の低い声で言った。

　不安におののきながら、ポリーはやっとの思いで目を開けた。そのとたん体に強い衝撃が走った。彼はすばらしい体格と精悍《せいかん》な容貌に恵まれていた。ポリーでさえ街で見かけたら振りむいてしまうだろう。彫りの深い貴族的な顔だち、サファイアブルーの目、黒く濃い眉、淡い金色の肌。間近で見ると息をのむほどだ。だが、その謹厳な態度や洗練された服装とは裏腹に、どこか暗い動物的なエネルギーを感じさせる。狩りをするチータの美しさと恐ろしさを秘めた男。そのうえ徹底して物静かな雰囲気がポリーの気持ちをかき乱す。圧倒されて思わず一歩さがったが、底知れないブルーの目からは逃れられなかった。

　ラシッドはセクシーな口もとを引きしめた。「この状況でそんなにおびえるのは大げさだ。ぼくはあらゆる美徳のうちで正直さをもっとも評価している。もっと普通にふるまったほうが利口だ」

沈黙が立ちこめた。

「きみはまだ若い」彼は言葉をついだ。「ぼくと結婚したらどういう生活が始まるか、本当にわかっているのかな?」

ねずみ並みの脳みそがあれば、どんな人でもいますぐ逃げだすだろう、とポリーは思った。なのに、なぜ逃げないの? マギーが無邪気に指摘したとおり、自分自身が決めたことだからだ。ポリーは震えがちな唇をかたく結んだ。「むろんよく考えたうえでのことです」

「きみも知っているだろうが、ぼくは国の投資資金を扱っていて、その都合で外国に行くことが多い。だが、妻であるきみはダレインに残ることになる。ぼくに同行することはできない」そう彼は強調した。「ダレインに来たらきみは女性としか会えない。車の運転もできない。一人では宮殿を出られないし、出るときには必ずベールで顔を隠さねばならない。ぼくと結婚した瞬間から、ぼくの許可なしには、ほかの男に顔を見せられなくなるのだ。食事はぼくともべつにとる。ダレインの王室にはそういった伝統を必ずしも守ってないメンバーもいるが、ぼくは伝統に忠実だ。それを知っておいてほしい」

できれば知らずにいたかった、とポリーは思った。彼が言ったような生活はポリーの想像を超えていた。プルダ——異性からの隔離——は女たちを孤立させる慣習だ。ポリーにはうつろな表情でうなずくことしかできなかった。

ラシッドはほっと息をついた。「きみには不慣れな制約が多いはずだ。きみのご両親は、よくここに客を招いているようだが」

「わたしはあまりお客さまの前には出ないんです」十一歳のころは客の前で詩を暗誦《あんしょう》させられるのがいやで戸棚に隠れ、母からひどく叱られたものだ。

ラシッドは眉をあげた。「ぼくが客を迎えるときには、きみに選択の余地はない」

ポリーは眉をひそめた。「でも、あなたのお客さまは女性ばかりではないんでしょう?」

ラシッドの眉間《みけん》にしわがきざまれた。

「わたしはもうあなた以外の男性とは会えなくなるんでしょう?　だとしたらお客さまの接待もできないことになります」ポリーは指摘した。

彼の唇の端がわずかにつりあがった。「どうやらぼくの言いかたが大げさすぎたようだ。だが、自由な社会で育った若い娘が見合い結婚に進んで身を投じるなんて、ぼくが驚くのも無理はないだろう?　ぼくの妻になれば華やかな楽しい生活を送れるものと誤解しているのではないかと心配だったんだよ」

「退屈な生活になると覚悟しているわ」思わず口をついて出た言葉にラシッドが目をきらりと光らせ、ポリーは身をすくめた。「いえ、退屈というか、その……家事は使用人がするし、外出はできないとなったら……」しどろもどろに続ける。「アラブの妻にはあまりやることがないんじゃないかと……」

「アラブの妻には夫を喜ばせるという仕事がある」ラシッドは冷たく言い放った。

「でも、あなたは海外を飛びまわって、家にはほとんどいらっしゃらないんでしょう？」

白い歯がナイフの一閃《いっせん》のようにブロンズ色の肌にきらめいた。「さっきその話をしたのは、ぼくがきみにかしずいて機嫌をとるなどとは期待しないよう警告したかったからだ」

だけど、妻には機嫌をとってもらうつもりでいるんだわ！　男尊女卑の典型だ。

「ぼくとの結婚生活はきわめて散文的なものになるだろう。ぼくはロマンティストではない。これだけははっきり言っておかないと――」

「言われるまでもありません。ロマンティストならここにはいらしてないわ」ポリーはさえぎった。「母と話をされて、わたしも母と同じ間違った幻想を抱いているのではないかと気にしてらっしゃるのかもしれませんけど、その点はどうぞご心配なく」

ラシッドは安心させてもらったわりには不機嫌な顔をした。「それでは双方意見は一致したわけだ。ぼくが仕事に時間をとられてきみの相手をできなくても、不平は言わないということだな」

その言いかたからすると、週に一回顔をあわせれば多いほうなのかもしれない。ポリーはほほえんだ。「もちろん言いません」

「ダレインを端から端まで探しても、これほど服従的で従順な花嫁は見つかるまい」彼は穏やかに言った。「だが、いまから言っておく。もしうまくいかなかったら、そのときは離婚する」

　願ってもない話だった。ポリーと彼がうまくいくわけはないのだから。彼が怖かった。エイリアンと接近遭遇しても、これほど恐ろしくはない。

「それについても異存はないかな？　いまぼくが言ったような未来に、不安も不満もないのかい？」

「あなたは？」無警戒に目をあげると、吸いこまれそうな目に見つめられ、ポリーの白い肌が朱に染まった。なぜだかわからないが、妙に胸が騒ぐ。

　ラシッドの形のいい唇が冷ややかな笑みをきざんだ。「きみのような美しい女性に心を動かされないわけはないだろう？」

　これが母の言っていた〝魅力〟なのだろうが、彼の言葉に意味はない。ラシッドが最初にポリーに向けた値踏みするようなまなざしには、賞賛の色も温かみもまったくなかったのだ。

「だが正直なところ、ぼくは東洋人と西洋人の結婚には少々懐疑的だ」彼はよどみなく続けた。「それに、きみには配慮と敬意をもって接するつもりだが、これまでの生活を変える気はない。もっぱらきみのほうがぼくにあわせなくてはならないんだ。ぼくとしては、ちゃんとやっていけるというきみの言葉を信じるしかない」

そのとき不意におかしな考えが頭にうかんだ。もしかすると、彼はわたしに断ってほしいんじゃないかしら？　でも、彼のような立場の男がわざわざ断られにくるはずはない。プロポーズを断られるなんて、一国の皇太子にとっては耐えがたい屈辱のはずだ。純粋な人間なら彼が結婚生活について安易な気休めを言わなかったことを評価するのかもしれないが、ポリーはいっそう不安を深めただけだった。結婚後は慣れない土地で、夫の命令や異国の慣習に従わされることになるのだ。

「最善を尽くします」未知の世界への恐怖心をあおりたてるラシッドに憎悪すら覚えながら、ポリーはうつむいてつぶやくように言った。

「それでいい。きみがぼくたちの今後の関係について十分理解しているのがわかったからには、もう結婚式まで会う必要もないだろう」

その言葉にはっと顔をあげる。「でも、しばらくこの家に……お泊まりになるんでしょう？」

「あいにくそれは不可能になった。今夜ニューヨークにたたなくてはならない。式の日まで、もうこちらには来られないだろう」そう言うと彼は背をかがめ、ポリーの手首をつかむと重いブレスレットを巻きつけた。「婚約の贈り物だ」

金に貴石をはめこんだそのブレスレットから、ポリーは奴隷の手かせを連想したが、それでもけなげに礼を言おうとした。

するとラシッドのひんやりした手がいきなり顎を持ちあげ、ブルーの目といやおうなく向きあわされた。ラシッドは無言でポリーを見つめながら、もう一方の手の先を彼女の顎にそっと這《は》わせた。ポリーは身動きもできず、突如、奇妙な感覚にとらわれ頭がくらくらした。ラシッドは面白がっているかのように、すっと手を離した。「ベッドでのきみはさぞ感じやすいんだろう。だが、司書になるために受けた教育がベッドで役立つことはないだろうよ、ポリー。それを確かめるのがいまから待ち遠しい」

そのときドアが開き、両親が心配そうに顔をのぞかせなかったら、ポリーは即座に逃げだしていただろう。青かった顔は真っ赤になっていた。ラシッドは両親に向かってにっこり笑ってみせた。「あなたがたのご息女は話に聞いていたとおり……値も付けられないほど貴重な真珠です。こんな申し分のない花嫁に来てもらえるとは、ぼくも本当に果報者だ」

2

オルガンの調べが響く中、ポリーは祭壇の前で冷ややかにこちらを見ている長身の男から目をそむけたまま、青ざめた顔で通路を進んでいった。慌ただしく準備に追われたこの二週間を、彼女は頭をからっぽにして乗りきってきた。それ以外に心を守るすべがなかったのだ。

ラシッドがわが家に滞在できなくなったと知ったときには、両親はずいぶん落胆した。だが、落胆はすぐにあきらめに変わった。ラシッドを相手に異議を唱えるなんて、彼らにとっては恐れ多いことなのだ。ダレインでの二度めの結婚式にも彼らは出席しないことになっている。ポリーは教会を出た瞬間から独りぼっちになってしまうのだ。

祭壇の前まで来ると、ラシッドの右隣の男――彼の弟アシフ王子だ――がポリーににっと笑いかけた。ポリーは顔を赤らめてうつむいた。司祭の言葉は耳を素通りしていった。横にいるのは野蛮な男だ。ポリーを金で買った性的な商品としか見ていない。ラシッドは自分が妻の相手をするのは寝室の中だけだということを臆面《おくめん》もなく明言したのだ。肉食動物が獲物を値踏みするような残忍な目をして。

式を終えて教会の玄関先に立ったとき、ポリーはクリスの姿に目をとめた。三カ月ぶりに彼の顔を見て、ポリーの胸に苦いものがこみあげた。いま自分の横でカメラを前にポーズをとっているのはクリスであるべきなのだ。

ポリーは笑みをうかべているクリスのもとに躊躇《ちゅうちょ》なく駆けよった。「ジャニスおばさんがあなたは来られないかもしれないと言っていたけど」

クリスは笑い声をあげた。「きみの結婚式に来ないわけがないさ。とてもきれいだ、ポリー」彼女の両手をとり、ほれぼれと見つめた。「だが、キャリアウーマンになるというきみの野望はどうなったんだい？」

「こっちがききたいわ」ポリーは涙をこらえるだけで精いっぱいだった。

「おいおい」クリスはたしなめるような口調になった。「花嫁が泣いてはおかしいぞ。花婿もきみにふさわしい最高の男みたいじゃないか」

ポリーは胸をつまらせた。この急な結婚の裏事情はプライドにかけても打ちあけられなかった。クリスが女としての自分に無関心であることを、これ以上思い知らされたくはない。いまさらこちらの気持ちに気づかれたくもない。「最高の男でなかったら結婚しなかったわ」ポリーは明るすぎる笑顔を、近づいてきたアシフ王子のほうにも向けた。

「すまないが花嫁を拉致《らち》させてもらうよ。カメラマンがじりじりしてるんでね」アシフは言った。

「いけない、忘れてたわ！」

アシフは黒い目に笑いをたたえた。「ほかにも忘れていたものがあるんじゃないかな？たとえば新郎のこととか。こう言ってはなんだけど、ラシッドの前で昔のボーイフレンドに駆けよるのはあまり賢明とは言えないな。ラシッドが動揺する姿はめったにない見物だったけどね」

ラシッドのところに戻ると、ポリーはしぶしぶ目をあわせ、口先だけで謝った。「ごめんなさい」

ラシッドは彼女をにらみつけた。「きみは人前でのふるまいかたがわかってないようだ。今後みっちり仕込んでやらねば」

ポリーはかっとなった。「何よ、あなたなんか！」

ラシッドの顔がこわばった。「きみの無礼な言動を黙認するつもりはない！」

ポリーは歯を食いしばって再びその場を離れようとして、ラシッドに腕をつかまれると乱暴に振りほどいた。「自分よりもずっと小さい女を脅しつけて、そんなに面白い？」

ラシッドの目に怒りがめらめらと燃えあがった。彼がクリスでないからといって憎むのは理不尽だと知りつつも、ポリーは足早にその場を立ち去った。

披露パーティのために レディブライトに戻る車の中では再びラシッドと一緒になったが、

ポリーは教会での態度をわびようとはしなかった。振りすぎたコカコーラの瓶のように、栓を開けたら一気に怒りが噴出してしまいそうだった。クリスに会ったせいで――やはり彼は近くて遠い存在だ――神経がささくれ立ち、自制心がはじけそうになっていた。

披露パーティでも、ポリーはラシッドを極力無視した。彼との間の緊張感は火花が散りそうなほどだった。料理に手をつける気になれず、ポリーはシャンパンばかりあおった。

何杯飲んだのかもわからないくらい飲むと、世界がぐるぐるまわりだして憂鬱《ゆううつ》な気分が吹っとび、クリスの冗談には声をあげて笑いさえした。だが、そのときマギーが彼女の袖《そで》を引っぱった。

「もう着がえなくちゃ」マギーはポリーを部屋の外に連れだして言った。「姉さんたらいったいどうしたの？　そんなに飲みすぎて！　ママはおしゃべりに夢中で気づいてないからいいようなものの」

ポリーは階段の手すりにつかまった。「わたしは飲みすぎたことなんか一度もにゃ……にゃいわ」

「だからいきなりぶちきれちゃったのね」マギーは彼女を寝室に押しこみ、情けなさそうに言った。「ラシッドが快く思ってないのはわたしにもわかるわよ。彼は一滴も飲んでないんだから」ポリーのドレスのジッパーをおろしながら続ける。「教会では彼、ずっと姉さんに見とれていたのよ。それも当然よ、姉さんの花嫁姿、本当にきれいだったんだもの。

だけど、いまの彼は……。ああ、わたしが姉さんだったら土下座して謝るわ」

「ばかばかしい」ポリーは言い放った。

「それに、クリスが姉さんのそばをなかなか離れようとしなかったから――」

「それがどうしていけないの？」ポリーはぴしゃりと言って顔をそむけた。またいつかクリスに会える日が来るのだろうか？　今日が最後かもしれないのだから、別れを惜しみたくなるのは当然でしょう？

マギーは顔をしかめた。「そういえばクリスも姉さんに見とれていたわね。彼が姉さんをあんな目で見たのは初めてなんじゃない？」

ポリーは全然気づかなかった。ほかの男と結婚したその日に、ようやく女として見てもらえたってこと？　そんなばかな、とその考えを払いのける。

新婚旅行用のしゃれた服に着がえると、ポリーはブーケを投げるため階段の上に連れていかれた。階下の客たちの顔を見おろし、彼女はふらつきながらも適当に花束をほうった。階段をおりるのは、のぼりのエスカレーターをくだるぐらい難儀だった。一番下でころびそうになったときには、どこからともなくたくましい腕が伸びてきてささえてくれた。

「おっと！」ポリーはくすりと笑ったが、彼女を見つめるサファイア色の目にはアイスボックス並みの温かさしかなかった。「禁酒するわ」うきうきした気分がにわかに遠のき、新年の誓いさながらに宣言する。「約束しましゅ」

空港に向かう途中でしゃっくりが出はじめ、片手を口にあててなんとかとめようとした。そのとき初めて車内の静寂に気がついた。ダレイン王室専用機の豪華なキャビンにいれられたときには、ラシッドの侮蔑《ぶべつ》に満ちた冷ややかな横顔を見て、泣きたくなってしまった。必死に謝罪の言葉を探し、ポリーはおずおずと謝った。

ラシッドはいきなり彼女の手首をつかんで自分のほうを向かせ、吐き捨てるように言った。「きみは酔っている！」

「ちょ、ちょっとだけよ」ポリーは涙ぐんだ。ラシッドが手を離すと、蒼白《そうはく》な顔でもう一度謝る。アルコールの力で追いやられていた彼への恐怖心が、いっそう大きくなってまた胸をふさいだ。

「静かに！」彼女のしどろもどろの謝罪をラシッドは鋭くさえぎった。「金で身を売る花嫁を迎えなければならないってだけでも屈辱的なのに、きみは教会で自ら見世物になってぼくに恥をかかせたんだ」

「ごめんなさい」ポリーは嗚咽《おえつ》をもらした。

「静かに、と言ったはずだ」ラシッドの声はあくまで冷たい。「ぼくをだましたつけはきみの身に返ってくるんだ。今日の恥知らずなふるまいを見たからには、宮殿から一歩も出さないからな」

「どっちみち出るつもりなんかなかったわ」ポリーはいっそう激しくすすり泣いた。

「まだきみをぼくの妻とは認められない。今日のきみは淑女にあるまじき言動に及んでいた」

その厳しい非難の言葉に、それまでこらえていた怒りと恨みが爆発した。ポリーはぱっと頭をそらした。「あなたなんか……大嫌い！　わたしはこれでも努力しているのよ。いままで隠していたけれど、お金のことがなければあなたとなんか死んでも結婚しなかったわ。気にいらないのはお互いさま。あなたは無神経で居丈高な暴君だわ。わたし、あなたのお父さまに泣きついて国外追放にしてもらう。彼があなたの花嫁を探しにわざわざイギリスまで来なければならなかったのも当然だったのね」興奮して涙ぐみながら続ける。「IQ四十以上の女なら、あなたと結婚したいなんて絶対に思わないわ。あなたが外国に行って留守の間が一番幸せだってことを態度に出さないようにするのは大変でしょうし――」

「もういいかげんに酔いをさませ」ラシッドは背をかがめてポリーを抱きあげようとした。ポリーは思わず悲鳴をあげた。彼の言葉に容赦のない報復の意図を読みとって、シートの端にあたふたと体をずらし、身を守る武器にしようと靴を片方脱ぐ。

キャビンのドアが勢いよく開かれ、乗務員たちが入ってきた。ポリーは恥ずかしがる余裕もなく、恐怖に身を縮めてぽろぽろ涙をこぼした。

ラシッドはわずかに顔を赤らめ、アラビア語で二人の乗務員に何か長々としゃべった。

彼らが静かに出ていくと、今度はポリーの手から靴をとりあげる。「女に暴力はふるわない」彼は横柄に言った。

「わたしは鈍感なの。何も感じないわ」ポリーはわけのわからないことを言った。

彼女の体を力強い二本の腕が抱きかかえ、持ちあげた。「休めば少しは落ち着くだろう」

ラシッドは寝室がわりのコンパートメントに彼女を運びこみ、作りつけのベッドに意外なくらい優しい手つきでそっと寝かせた。もう一方の靴を脱がせ、ポリーをうつ伏せにしてドレスのジッパーをおろしはじめる。ポリーがうろたえて逃げようとすると、彼は怖い顔で言った。「いまのぼくがきみを抱く気になれるなんて、本気で思ってはいないだろう？　癇癪《かんしゃく》持ちの子供に欲望は感じないよ」

そしてポリーの抗議をものともせず、ドレスを脱がせてスリップ姿にさせると、その体にシーツをかけた。ポリーはいましがた自分が起こした騒ぎを早くも後悔していた。乗務員の前でラシッドに恥をかかせただけでなく、怒りのあまり不当な八つ当たりをしてしまったのだ。彼女が怒るべき相手は、現実に目をつぶって笑顔で彼女をこの結婚生活へと送りだした両親だったのに。

でも、その両親だって責められはしない。確かにプレッシャーは大きかったけれど、結婚を決めたのはポリー自身なのだ。彼女は声をつまらせた。「わたしったら、どうしてあんなことを……」

ラシッドの厳しいまなざしはいささかも揺らがない。「きみは不安だったんだ。ぼくも、もう少し配慮すべきだった。だが、ぼくにだって感情があるんだよ、ポリー。愛人なら金目あてでも許す気になれるかもしれないが、金目あてで嫁いできた妻にはそうそう優しくなれるものじゃない」その瞬間ラシッドの不遜《ふそん》さ、冷たさの陰に、何か深くて強い感情がほの見えた。ポリーは初めて彼の気持ちを知りたいと思った。悔やんでいるの？　幻滅しているの？　もう怒ってはいないようだ。いま彼から伝わってくる感情は、それがなんであれポリーの胸に鋭い痛みをもたらしている。

ポリーは金の話はしたくなかった。金のために結婚したというだけで、ラシッドは彼女を軽蔑しているのだ。それに別の男を愛しながら結婚したという現実も、ラシッドにすれば軽蔑の理由になるはずだ。不意に自分が恥ずかしくなり、ポリーはぽつりとつぶやいた。

「さっきのは本心ではなかったの」

黒い眉があがった。「それじゃぼくと結婚したのはなぜなんだ？」ポリーには家族の危機を口実にして犠牲者ぶるようなまねはできなかった。気まずい沈黙が続くとラシッドは吐息をもらし、ポリーの額にかかった巻き毛をそっとかきあげた。「ぼくがきみと結婚したのは、きみを見ていると幸せな気分になれるからだ。それにきみが何を言おうと、ぼくにはきみの嫌悪感を消し去る自信があるんだ。なぜなら……きみもぼくに対して欲望を感じているから」

「そんなことないわ!」たちまち敵意がよみがえった。

ラシッドは人さし指の先でポリーの下唇をなぞり、目を愉快そうにきらめかせた。「いいや、そうだよ、かわいいポリー」

不意にラシッドの性的魅力を意識させられ、ポリーの頭の中が真っ白になった。「もう怒ってないのね」うつろな声でつぶやく。

「自分のルックスに感謝することだな」ラシッドは静かに言った。「完璧《かんぺき》な人間、とくに完璧な女なんてこの世には存在しない。きみに偽りの笑顔など求めるつもりはないよ。ぼくに対してはありのままのきみでいい。ぼくはそれを尊重する」それから彼はすっくと立ちあがった。「今日のことはお互い忘れよう。きみは酔っていたし、ぼくもつい、きつい言いかたをしてしまっただけだ」

その腹の座った落ち着きようが、冷ややかな外見に隠れた人間性の強靭《きょうじん》さをうかがわせる。ラシッドはまったく理性を失わなかった。ポリーが無礼な態度をとりつづけても、彼のほうは終始冷静だった。ポリーはその冷静さに感謝しつつも、一段上から見おろされているような気がして居心地が悪かった。

そのときドアがノックされた。「ぼくが頼んでおいた食事だろう。きみはろくに食べていなかったからね」ラシッドは言った。「気つけの飲み物も注文しておいたよ。アシフが二日酔いの特効薬だと言っていた。それを飲んで眠りなさい」

ポリーは彼の顔を見られなかった。乗務員が入ってきたが、ラシッドのほうを神経質に見やったのは彼を暴力夫と見ているからだろう。ポリーは申し訳なさに顔をほてらせた。ラシッドはあんな状況でもずっと優しかった。それに比べ、今日のわたしはめちゃくちゃだった。

だが、それから一眠りして目が覚めたときには、ポリーの気分もだいぶすっきりしていた。しかし身動きした拍子に体毛におおわれた腿が脚に触れ、彼女はぎょっとして目を見開いた。

「おはよう」ラシッドが肘で頭をささえながら彼女の顔を見おろしていた。髪は乱れ、髭《ひげ》も伸びかかっているけれど、金色の肌にブルーの目がたまらなく魅力的だ。微笑をうかべながら、彼女の髪に、ものうげに手を伸ばす。「こっちにおいで」

ほっそりしたウエストをぐいと抱きよせられ、ポリーは息をのんだ。「やめて!」

「やめないよ」

「やめて……冗談でなく!」

ラシッドはもう一方の手を彼女の髪にやり、おびえたようなグリーンの目をのぞきこんだ。「こっちも冗談ではないんだ」さらにポリーを抱きよせ、体をぴったり密着させる。「怖がることなど何もない。発見することはたくさんあるだろうがね」

彼の目に射すくめられ、ポリーは身じろぎもできなかった。ラシッドはゆっくり唇を重ねてきたかと思うと、背中を片手で愛撫《あいぶ》しながら、白い喉からデリケートな鎖骨のほうへと軽いキスでたどっていく。

ポリーの足から力が抜け、腰に奇妙な熱が広がった。ヒップを引きよせられ、かたく屹《きっ》立《りっ》したものを押しつけられたときには全身に震えが走った。ラシッドは再び唇を重ねあわせ、ポリーの血がわきたつまでさまざまなキスを繰り返した。

ポリーの頭の中で花火が炸裂《さくれつ》し、流れ星が乱れ飛んだ。こんな経験は生まれて初めてだった。ラシッドの手が胸のふくらみを包みこむと、痛いほどの快感にかすかな声がもれる。が、次の瞬間彼の手は離れていった。

ポリーは自分がラシッドの頭に手をかけて彼を離すまいとしていたことに気づき、ぎょっとして手を引っこめた。

ラシッドはブルーの目をきらきら輝かせながら、彼女の熟れた唇を指先でつついた。

「できるものならこのまま新婚初夜へとなだれこみたいところだが、いまはここまでにしておいたほうがいいだろう」体を起こし、ポリーを見おろす。「だが、もう今夜ぼくを恐れる必要などないんだということはわかったはずだ」

シーツをはねのけ、彼はベッドから出ていった。今夜。体中が熱くなる。さっきのわたしはこのベッドでラシッドのなすがままになっていたのだ。でも、彼の卓越したテクニックに比べ、わたしはまったく未経験。彼はせかせかと性急にわたしを抱こうとした十代の少年たちとは大違いだった。ああいう恥ずかしい触れあいがあんなに心地いいものだとは夢にも思わなかった。

それを知りあったばかりの男に思い知らされ、ポリーは愕然《がくぜん》としていた。相手がクリスだったらまだ理解できる。でも、クリスにもさわられたいなんて思った記憶はない。そう気づいてポリーははっとした。クリスとの結婚式をうっとり思い描いたことはあっても、性的なむつみあいを想像したことは一度もなかった。クリスへの思いは、肉欲とは無縁の精神的なものだったのだ。

だが、ラシッドはテクニシャンらしい軽い愛撫でしごく無造作にポリーの肉体的欲望を目覚めさせた――理性など受けつけない、切実で強烈な欲望を。ポリーは自己嫌悪に陥った。ラシッドときたら、まるで二重人格だ！　あんな手管でわたしの抵抗をやすやすと封じこめるとは。

彼が初夜のことを口にしたのを思いだし、ポリーはにわかに動転した。彼と結婚するなんてわたしはどういうつもりだったのだろう。知らない男とベッドをともにすることになぜ同意してしまったのかしら。いまは中世ではない。押しつけられた運命に無条件で甘んじなければならない時代とは違うのだ。

ラシッドが濡《ぬ》れた髪を拭《ふ》きながらシャワー室から出てくると、ポリーは半裸の男らしい肉体にどぎまぎしつつもつぶやくように言った。「わたしたち、話しあわなければ」

「聞いてるよ」

彼女は深呼吸した。「さっきあなたはわたしが理想の妻とはほど遠いというようなことを言ったわ」そこで一呼吸おく。「だったらこの結婚はやめたほうがいいんじゃないかと思うの」

「やめる？」

「婚姻無効の宣告を求めるのよ」

ラシッドは意外にも笑いだした。「ぼくを面白がらせようとしているんだね？」

ポリーはむっとして彼を見た。クリーム色の流れるようなローブに身を包んだ姿は、それまでの彼とは別人のように見えた。「わたしは建設的な提案をしているのよ」

「建設的であろうとするにはちょっと遅すぎるんじゃないかい？」ラシッドは皮肉たっぷりに言った。

ポリーは唇をかんだ。確かにいまの提案はおじけづいて衝動的に口走ったものだ。ラシッドの目には、目的を果たしたので約束を反故《ほご》にしたがっているように映っているのだろう。「でも、あなたは、わたしを妻とは認めないと言ったわ」

「腹を立てているときには、ぼくも心にもないせりふを口にしてしまうようだ。きみがアルコール依存症だなんて本気で心配してはいないし、かりに依存症だとしてもダレインではアルコールを口にする機会もない」

「あなたって信じられない！」

「これまではお互い自然にふるまえるような状況ではなかったんだ」ラシッドは憎らしいほど落ち着きはらっている。「それにいまさら結婚を無効にするなんてばかげている」

「わたしの気持ちなんかどうでもいいってこと？」

彼はじっとポリーを見すえた。「正直な答えを聞きたいかい？　ぼくは先の展望がまったくない状態できみの家に行ったんだ。どんな女とも結婚したいとは思っていなかった」

「なんですって？」

「ちゃんと聞こえたはずだよ、ポリー」

聞こえたからといって信じられるとは限らない。彼も結婚したくなかったなんて、横っ面を引っぱたかれたような衝撃だ。くやしさが胸の内を激しくたぎらせる。「それじゃどうしてうちに来たの？」

「ぼくが断れなくても、きみのほうで断ってくれるんじゃないかと期待していたんだ」ラシッドは冷笑するような目でポリーを見た。「その期待はすぐに打ち砕かれたがね。ぼくがどんな態度をとろうと、きみたち家族は求婚に応じただろう。だが、ぼくは変えられない現実に抵抗して悪あがきをするような人間ではない。少なくともきみは美しかった。それだけでもよしとしなければ」

ポリーの胸の底から激しい怒りが突きあげてきた。「そんな気持ちでよく結婚できたものね？　それだけでもよしとしなければ、ですって？　それでよくも……よくもわたしを抱こうだなんて！」

　ラシッドは頭にかぶったヘッドドレスの上から額に金のひも《アガール》を巻きつけた。「この結婚はほろ苦い条件付きだったが、夫婦の寝室にまでそれを持ちこむ必要はない。きみがベッドで不愉快な思いをすることはないはずだ」

「よくそんなことが言えるわね！　あなたが何を考えているか、わたしは全然知らなかったのよ！」

「だからいま説明した。さあ、そろそろ人前に出られるよう身支度をしたほうがいい。じきに着陸だ」

　ラシッドが出ていくと、ポリーは涙をこらえてまばたきした。これは今世紀最大の悪い冗談だ。ラシッドのほうも結婚したくはなかったなんて。だったらなぜレディブライトに来たの？　時代遅れの倫理観だか名誉だかのためだ。そのせいでいやだとは言えなかったのだ。それをいまになって——もう遅すぎると彼は言った——認めるなんて、まるでわたしたちが彼を追いつめたみたいじゃない。わたしはだまされていたのだ。あの傲慢《ごうまん》な男はわたしのほうから断らせようとしていたのよ！　なのに、わたしは彼がわたしとの結婚を受けいれるつもりだと思いこみ、彼の態度を冷静に分析できなかった。

　だけど、それにしたって彼はなぜここまで踏みきれたの？　思考が堂々めぐりに陥り、ポリーのいらだちはいっそうつのった。彼は無礼にもわたしのとりえは外見だけだと言った。わたしを一人の人間ではなく性的なおもちゃと見ているのだ。それだけでもよしとしなければ、ですって？　自分のことを棚にあげて怒っているのを頭のどこかで自覚していながら、ポリーはそれを認めようとはしなかった。

「わたしたちがとるべき道は、できるだけ早く離婚することだわ」キャビンに出ていくと、彼女はそう宣言した。ほっそりした体を、いまは淡いグリーンのシックなロングドレスに包んでいる。

「子供っぽいことを言うんじゃないよ、ポリー」ラシッドは読んでいた新聞から目をあげたが、彼女の姿にはほとんど関心を払わなかった。

ポリーはその態度にいらだって腕組みした。「あなたがレディブライトに来たのは、もっぱら父親同士が交わしたばかばかしい約束のためなんでしょう？」

「父が暗殺されたら国が大きく傾きかねなかったのは事実だ。だが、ぼくもあの約束は……ちょっとおかしいと思わざるを得ない。父は軽はずみにそんな約束をする男ではないんだ」

「でも、お父さま同様に、あなたも名誉だかなんだかに振りまわされているんだわ」

「きみたち女性にはわからないだろうが、男にとって名誉のために私欲を捨てるのは当然のことなんだ。それにぼく自身、三週間前まで彼らの約束のことは知らされていなかった」

ポリーは仰天した。「三週間前まで？」

「ぼくが二十歳で結婚したとき、きみはまだ子供だったし、イギリス人女性が一夫多妻の結婚制度を受けいれるなんて、父も考えなかったんだ。もっとも……きみやきみの両親と会ってからは、ぼくはそうとも言いきれないんじゃないかと思っているが」その侮蔑的発言にポリーは真っ赤になったが、ラシッドは相変わらず抑えた口調で平然と続ける。「父も最初からあの約束を真剣に考えていたわけではない。真剣だったら、何年も前にぼくに話していたはずだ。それを今回持ちだした理由はわかっている。宮中では誰もが知っていることだが、ぼくを再婚させることが父のかねてからの悲願だったんだよ」

3

彼の言葉に茫然《ぼうぜん》とし、ポリーはデスクの反対側にどさりと腰かけた。「でも、なぜわたしなの？」

「約束が気になっていたんだろう。父はきみのお父さんと会う前にきみの評判を徹底的に調査したはずだ」ラシッドは不気味な笑みをうかべて言った。

「わたしのことを調べたの？」

「当然だ。ぼくの父が王室を醜聞まみれにしそうな花嫁を迎えるはずがないだろう？」

考えてみたら、確かにレイジャ国王がどんな女とも知れない相手を息子に押しつけるはずがなかった。となれば、ポリーの父親との会見は彼女が想像していたようなものとはまるで違っていたことになる。非の打ちどころのないポリーの評判に安心し、国王は父をうまく誘導したのだ。父の負債のことも知っていたに違いない。調べればわかることだ。

まったく、聞けば聞くほど衝撃的な話ばかりだ。だが、なぜラシッドの父親は彼を再婚させるのに、約束の形を借りた強制にたよらなければならなかったのだろう？　彼はいまなおベラが忘れられず、後妻なんか誰であっても構わないみたいだけど、皇太子という立場からしたら、再婚して子供を作らねばならないことは自覚していたはずだ。その責任をラシッドはなんとも思わなかったのかしら？

「わたしには理解できない。あなたはお父さまに腹を立てているようには見えないわ」

「父の気持ちは尊重しなければならない。父は妻のいない男に幸福な人生は送れないと考えているんだ。まっとうな男なら結婚するのがあたりまえだとね」

「それならあなたはなぜ再婚したくなかったの？」ポリーは問題の核心に切りこんだ。

「ぼくは自由でいたかったんだ。若くして結婚したら、自由が恋しくなるのは当然だ」

「そんなに自由をとり戻したいなら、わたしは引きとめないわよ！」ポリーは勢いよく立ちあがった。

「なぜ急に態度を変えるんだ？」ラシッドは怪訝《けげん》そうに言った。「互いの基本的な立場は何も変わってないだろう？　あの教会で式を挙げたときから」

ポリーは怒りに身を震わせた。「でも、あなたはわたしの罠《わな》にはまって結婚したような言いかたをしているわ！」

「ぼくを罠にはめられる人間などいない。ぼく自身が決断したことだ。父の期待にこたえて再婚しなければならないのだとしたら、相手がきみでも構わないだろう？」ラシッドはやんわりと言った。

「それってわたしに対する侮辱だわ！」

「どうして侮辱になるんだ？　おとなしい女かと思っていたのに、教会を出たとたん文句ばかりだな」

確かにポリーは自分で自分がわからなくなっているが、怒らせているのはラシッドなのだ。「責めるのなら自分の父親を責めることね。きっと調べかたが足りなかったのよ」おとなしく飾りものの立場に甘んじるタイプだと思われていたなんて、本当にいまいましい。

「あなたってすごく無神経だわ！」

「きみもそこらの女とまったく変わらないな――注文が多すぎる」ラシッドの精悍《せいかん》な顔を憤怒《ふんぬ》が彩った。「金目あてで知らない男と結婚するきみはどういう神経の持ち主なんだ？」

その指摘に、ポリーは身をすくめながらも言い返した。「あなた、最初の奥さんもそういう目で見ていたの？」

ラシッドが無言でポリーを見すえ、ポリーの耳に自分の心臓の音だけがどくどくと響きわたった。「きみとベラでは比較にならない。彼女は幼いころからぼくの妻になることが決まっていたし、ぼくの性格も知っていた。きみはぼくについて何も知らない」

ポリーは彼から目をそらした。ベラのことを持ちだしたのは愚かだったが、まさかラシッドがそこまでベラをかばうとは思わなかったのだ。「あなたの見かたはかたよってるわ」かろうじて彼女は言った。「それにわたしは注文の多いタイプではないの」

ラシッドはふっと肩の力を抜いた。「もう、よそう。こんな話をしてもなんにもならない」

「こんな話って？　わたしたち、なんの話をしていたの？　わたしにはさっぱりわからないわ」

ラシッドはゆったりと背もたれに寄りかかった。「そうかい？　ここ一時間ばかり婚姻無効だとか離婚だとか口走っていたのはきみ自身じゃないか。あれはぼくの気を引きたかったからなのかい？」嘲《あざけ》りに満ちた口調だ。「きみは体裁を整えてほしいんだ。甘い言葉やロマンティックなムードがほしいんだ。だが、ぼくはそういうものは期待するなと警告しておいたはずだ。この結婚は双方に益がある。ぼくは平和を、そしてきみは地位と金を手にいれた。だったらもう何も議論することはないじゃないか」

「一つ言っておくわ」ポリーは震えながら言い返した。「皇太子妃になっても皇太子妃らしくふるまうとは限らないのよ！」

「おとなしくしていてくれれば文句はないよ」

ポリーは敗者の烙印《らくいん》を押された気分でキャビンの反対側に引っこんだ。感情によって理性を曇らされることのない男を相手に、彼女は感情的に反応してしまったのだ。ラシッドの考えでは、金と引きかえに結婚するくらいなら家族を恐ろしい破産の憂き目にあわせるほうがまだましなのだろう。だが、そんなふうに考えられるのは経済的に恵まれているからだ。ポリーの家族は金がなくなったら、ばらばらになってしまう。父も母も逆境で踏みこたえられるような根性は持ちあわせていない。

でも、いまはわたしに対する軽蔑《けいべつ》を隠そうともしないラシッドだけど、結婚式や披露パーティのときにはとても辛抱強かった。ベッドでは――思いだしただけで顔が熱くなるが――優しく温かかった。まあ、どちらもそのときの状況にふさわしい態度ではあったのだろう。ヒステリックな人間を脅しでなだめることはできないし、おびえているバージンを力ずくで安心させることもできない。ラシッドもそれがわからないような愚か者ではないのだ。非常に利口で、このうえなく複雑な男だ。

ポリーはぼんやりとラシッドを眺めた。こんなときでも彼の魅力は光り輝いて見えた。道ゆく女が立ちどまるようなルックスだ。ポリーはいままでハンサムな男を信用していなかった。ハンサムな男はたいていうぬぼれが強い。ラシッドにそのうぬぼれが欠けているのは不思議だ。これほどの容姿に恵まれながら、鏡を見るのは髭《ひげ》をそるときだけなのではないだろうか？

そう思った次の瞬間、ポリーはその考えを押しのけた。いったいどうなってしまったのか、自分自身が理解できなかった。乗務員が食事を持ってきてからも、ラシッドのことは頭から離れなかった。感情を出さない冷たさとむきだしの男っぽさが一人の男の中で共存しているなんてじつに興味深い。

再婚したくなかったのは、いったいなぜなのかしら。答えはただ一つ。ベラ亡きあとにほかの女を迎えたくなかったのだ。再婚相手なんて誰でもよかったのだ。彼はわたしの見かけを気にいった。でも、わたしの言うことは気にいらない。だから話などなるべく聞かずにすませるつもり？　仕事やら旅行やらに逃げこんで？

ジェット機が大きな振動を伴って着陸した。そばの窓からは砂漠しか見えない。空港の建物はどこか見えないところにあるのだろう。ポリーは立ちあがったが、ラシッドに黒い布のかたまりを差しだされてきょとんとした。彼はいらだたしげにとり返してその布を広げ、彼女の頭にすっぽりかぶせた。

「息ができないわ！」ポリーは抗議した。

「大げさだな」前が見えるようにラシッドが布を直し、それからぷっとふきだした。「このアバはきみには大きすぎる」長すぎる裾《すそ》をたくしあげ、ポリーは彼のあとに続いた。外に出ると、整列した兵士たちと軍の楽団に迎えられた。演奏されている音楽はまるで音楽らしくない。ポリーがうっかりアバの裾を踏んで声をあげると、ラシッドが即座に振り返り、彼女を両手で腕にかかえあげた。「きみほど不器用な女は初めてだよ！」

「棺桶《かんおけ》に入るまでこういう衣装を着る予定はなかったのよ！」

その言葉にラシッドの顔がすっと青ざめた。遅ればせながら、ポリーは自分の言葉が与えた衝撃に気がついた。だが同情心よりも早く、怒りがこみあげてきた。この男は四六時中ベラのことを思っているの？　これからわたしを家に連れていこうというときにも、亡き妻のことが頭から離れないの？

「おろして」ポリーは冷ややかに言った。

「車まであと数歩だ」本当に数歩だった。ラシッドはリムジンの中にポリーの体を無造作に押しこんだ。ポリーは数百メートル先の長くて高い灰色の塀を見て、とまどいを覚えた。

「ここは空港じゃないの？」

「あれは宮殿だ。便利なように、ここにも滑走路を造ってあるんだ。ちゃんとした空港はジュマニの向こう側にある」

「ジュマニというのは都会なのね？」

「この国にそんなに興味を持っているとは驚いたね」ポリーの無知を嘲るようにラシッドは言った。「ジュマニはここから十キロほどだ」

ポリーは見渡す限りの不毛な砂漠を見てうろたえてしまった。緑豊かな土地を見慣れた目に、この砂しかない世界はひどく異様な印象を与えた。

リムジンは黒光りした道路を走り、宮殿の門を抜けて玉石が敷かれた広い庭園に入った。すでに暑さがポリーの衣類を汗ばんだ肌に張りつかせている。車がとまると、ラシッド側のドアが開かれた。彼が車をおりたとたん、出迎えの小柄な男がぺこぺこ頭をさげながらアラビア語で何か言った。ラシッドは顔をしかめ、そのまま玄関に向かった。

十メートルほど先で思いだしたように立ちどまり、大股で戻ってきて、脚にからまったアバと格闘しているポリーにようやく手を貸す。「それは動きやすい服ではないんだ」ラシッドはそっけなく言った。

そして前方のドーム形のポーチから出てきた人々の間にとポリーを誘導した。褐色の顔をした女たちの好奇のまなざしに、ポリーは皮肉にも頭から爪先まで布におおわれていることを感謝するはめになった。

「父がすぐにぼくたちに会いたいそうだ」ラシッドは言った。「きみはしゃべらなくていい。しゃべるとぼろが出る」

ポリーはむかむかしつつもかたく口を結んだ。ラシッドが両開きの扉の前で立ちどまると、その扉が左右に立つ衛兵によって開け放たれた。ラシッドが中に入っていき、ポリーもしぶしぶあとに続いて、彼が優雅にひざまずいてカーペットに額を付けるのを見守る。奥の台座に腰かけた老紳士は、七十歳にしてはかくしゃくとして元気そうだ。ラシッドの合図で、ポリーも床にひざまずく。レイジャ国王は指を鳴らし、アラビア語で何か言った。

ラシッドが深々と息をついた。「立って」

そしてポリーが立ちあがるが早いか、彼女の体から巧みにアバをはぎとった。ポリーは自分が値踏みされる戦利品になったような気がした。国王が何か言い、くすりと笑うと、今度はかなり長くしゃべりはじめた。ポリーは頬を染め、再びのろのろとひざまずいたが、ラシッドの顔にも赤みがさしているのを見逃しはしなかった。なんだか知らないが、国王の言っていることがよほど腹立たしいようだ。体の両わきで手をぎゅっと握りしめている。国王がしゃべり終えたあとには張りつめた沈黙が続いた。

するとと、突然ラシッドが大変な勢いで言い返し、次の瞬間には壁が震動するほど激烈な言い争いが始まった。その激しさにポリーは唖然《あぜん》とした。再び沈黙が訪れ、国王は挑発的な微笑をうかべた。不意にラシッドが頭をさげ、後ろ向きのまま退出していった。ポリーは不安な気持ちで目をあげた。

国王が彼女を手招きした。「せっかく嫁に来てもらったのに、着いた早々見苦しいところを見せてしまったな」なまりの強い英語で彼は言い、ポリーの驚きの表情に気づくと楽しげにほほえんだ。「わたしも英語が話せるんだ。だが、話せないふりをして耳をすましているほうが何かと有利なんでね」

ポリーはなんとか微笑を返した。こんな抜け目のない相手では、彼女の父親に勝ち目はなかったのだ。

「よく来てくれた」国王は続けた。「息子を家に引きとめておけるのはきみのようなブロンド美人だけなんだよ」

ラシッドが早くも自分に失望していることなどポリーには言えそうもなかった。だが、ラシッドの父親が彼にもっと家にいてほしがっているのを知って、多少は救われた思いがする。いまの言い争いも父子の不仲を物語るものではなかったのだろう。でも、言葉がわからないというのはなんとももどかしい。言い争いの原因はいったいなんだったの？

「わが家で甘い水が飲める男は、まずい水など飲みにいかないものだ」

物思いにふけっていたポリーは目を白黒させた。幸い返事を求められてはいないようだ。

「きみがこの国に早くなじんでくれるよう希望する」

ポリーは深く息をついた。「はい」

「そのためにはアラビア語を習うといい。家庭教師を付けてあげよう」

少なくとも彼は持ってまわった言いかたはしなかった。レイジャ国王にとって、ポリーは息子に贈ったプレゼントなのだ。残念ながら受けとる側はあまり感謝していないけれど、それでも国王は満足そうな顔をしている。ラシッドの特徴である筋金いりの頑固さと容赦のなさは、この父親から受けついだものなのだろう。

「お父上は……元気かね？」

「はい、おかげさまで」

「それはよかった」国王は片手を振って続けた。「もう下がってよろしい。女たちが結婚式の支度をさせようと、きみを待ちかねている」

ポリーが出ていくと、ラシッドが探るように目を見つめた。父親との言い争いが尾を引いて、彼は暗い表情をしている。

それをはねのけるように、ポリーはにこやかに言った。「アラビア語を習うよう言われたわ」

「ぼくのためなら習う必要はない」ラシッドは冷たく言い捨てた。

ポリーはまた拒絶されたような気がした。だが、今回は怒りを爆発させはしなかった。ようやくあきらめがついたのだ。もう逃げることはできない。この尊大で不可解な男は自分の夫なのだ。いま彼とぎくしゃくしているのも自分の責任だ。自分だってずばずばものを言っていたくせに、彼の率直さにプライドを傷つけられ、怪気炎をあげてしまったのだ。

ポリーは息を切らしながら、脚の長いラシッドに追いついた。彼はくねくねと続く廊下を進んでいく。宮殿は大きく、いくつもの中庭をはさんで二層ないし三層の建物が複雑にいり組んでいた。一人で動きまわるには地図と磁石が必要だろう。厚い壁に足音を反響させながら、ポリーは自分を待っている女たちのことを考えた。王室の女たちについては、幸い父から教えてもらっていた。

レイジャ国王は三度結婚しているそうだ。最初の妻は赤ん坊を死産して本人も亡くなった。二人めの妻はヌーバといい、ラシッドとアシフを産んだ。ヌーバはその後心臓をわずらい、不治の宣告を受けた。それで国王はもう一人妻をめとることにしたのだろう。三人めの妻ムスカは、現在十六歳になるジェズラという娘を産んだ。ムスカと国王は結局離婚したが、ジェズラは父のもとにとどまっているらしい。

ほかにはアシフの妻シャサがいる。シャサはまだ二十二歳だが、二人の幼い娘の母親だ。父からシャサはいま三人めを妊娠していると聞いたとき、男の子を産むまでアラブの夫は満足しないのだと思ってポリーはぞっとしたものだった。

子供のことを考えると顔が熱くなり、彼女はラシッドをちらりと見た。「さっきはお父さまと何を言いあっていたの？」

「話すほどのことじゃない。ユーモアの感覚がぼくと父とでは一致しないというだけだ」

そのとりつく島のない態度にいらだって、ポリーは言った。「わたし、二度も結婚式をやりたくないわ。あなたと結婚するのは一度で十分よ！」

ラシッドは皮肉っぽい笑みを投げかけた。「しかし、きみだってイスラム社会の結婚式を経験してみたいだろう？　わずか二週間前には、ぼくの生きかたに喜んであわせると言っていたんだからね」

そして大理石の階段をさっさとのぼりだしたが、途中で気づいて足をとめ、ポリーが追いつくのを待つ。またベラのことを考えていたのだ。いっそ彼女と一緒に棺桶に入ればよかったのに。でも、ベラは若くして非業の死をとげたのだ。夫なら忘れられないのは当然だ、とポリーは自分に言い聞かせる。

階段の上で、ラシッドは立ちどまった。「ここできみとは別れなければならない。その左手のドアを開けなさい。ぼくの妹がいるから。だが、その前に……」ポリーが向きを変える間もなく彼女を抱きよせ、片手を長い髪に差しいれる。

壁の陰で、ラシッドは狂おしく唇を求め、口の中にやみくもに舌を割りこませた。

床が崩れ落ちたような気がして、ポリーはラシッドの肩につかまった。体の芯《しん》に燃えあがった炎をどうすることもできない。その炎が彼女を支配していた。いや、支配しているのはラシッドだ。思わず反発し、ポリーは頭をのけぞらせた。

「ああ、きみが考えているとおりだ」ラシッドがけぶるような目をして言った。「ついわれを忘れてしまったよ。ここはそういう場所ではないのに」

「どこにも〝そういう場所〟なんかないわ。ご都合主義で結婚しただけなのに、どうして……」彼の目に射すくめられ、ポリーは言葉をとぎれさせた。

ラシッドの眉があがった。「ぼくには自分を正当化する必要はない。きみが選んだ道なんだ。今夜はそれを忘れないように」彼は無慈悲にそう言った。

ポリーは身をひるがえし、彼が指示したドアの向こうに飛びこんだ。そして長身だがふっくらした若い娘の物問いたげな視線に気づくと、顔を赤らめた。

「あなたがジェズラね?」おずおずと笑いかける。

ジェズラは差しだされた手を無視し、ブラウンの目に冷たい光をたたえた。「あなたのメイドのところに案内するわ。ゼノビアは英語が話せるけど、ガダは話せない。でも、あなたが誰かの英語力を向上させられるほど長くここにいられるとは思えないけど」

「本当にそのとおりであってほしいわ」そう応じたとたんポリーは後悔した。「わたし、ちょっと疲れているみたい」急いで言葉を続ける。「もう一度最初からやり直さない？」

ジェズラの頬が赤く染まった。「ラシッドはあなたとは結婚したくなかったのよ。したがるはずがないわ。パリにいる愛人はあなたよりずっときれいだもの――背が高くて、ブロンドで。すれ違う男がみんな振り返るそうよ。わたしたちの父親がどう考えようと、あなたは彼女にはかなわないわ」そこまで言うと、ジェズラははっとしたように押し黙った。

ポリーの顔が真っ青になっていた。

「いまのは嘘《うそ》よ。意地悪を言っただけ」ジェズラは必死の口調で繕った。「ラシッドには言わないで」

ポリーの見ていた色彩豊かなカーペットがぼんやりと霞《かす》んだ。「誰にも言わないわ」

青ざめた顔におびえた表情をうかべたジェズラをかわいそうだと思わないでもないが、自分のほうがもっとかわいそうだ、とポリーは思った。「ええ、気にしないで」

「わたしの失礼をどうか許してね」

ようやくジグソーパズルの最後の一片がおさまるべきところにおさまったのだ。ラシッドが再婚したがらなかった理由がこれでわかった。彼の父親は息子をまっとうな道に引き戻したかったのだろう。ブロンドならどれでも同じと言わんばかりに、ブロンドの花嫁をあてがって。実際、ブロンドがラシッドの好みなのかもしれない。彼はブロンドの花嫁を抱くことを自分に禁じるつもりはないのだから。

ジェズラはエレガントな内装の寝室に彼女を案内した。若い女が二人、笑顔で前に進みでた。寝椅子に広げてある豪華な衣装は花嫁衣装？　ポリーは苦々しい思いで目をそらす。わたしはこの国ではチェスの駒《こま》にすぎない。これまで潔くこの結婚を受けいれられなかった自分を恥じていたけれど、わたしの疑念はいまや具体的に裏付けられた。ラシッドはわたしを情事の隠れみのに利用するつもりなのだ。卑劣で汚いやり口だ。

悄然《しょうぜん》としたまま、ポリーはゼノビアに手助けされて服を脱いだ。それからコットンのガウンを着せられ、続き部屋の浴室に連れていかれた。

「手伝いは必要ないわ」かたい声でポリーは言った。

「わたしたちがお世話しなければならないんです」ゼノビアが哀願して言った。「どうかお願いです」

議論しても始まらない。今夜のことを考えたら、このぐらいはなんでもなかった。髪を五回も洗われ、ようやく体を柔らかなタオルで包まれると、今度は寝台にうつ伏せに寝かされ、ばらの香りのするオイルでマッサージされた。

再び寝室に入っていくと、女たちがおしゃべりしながら待っていた。ジェズラはふくれっつらで一人ぽつんと立っていた。これは儀式なのだ、とポリーは再認識した――花嫁に支度をさせるという、昔からの儀式。年輩の女たちの口ずさむ歌がまるで葬送歌のように聞こえる。ポリーは女たちが手ぶり身ぶりで何か伝えようとするのを突っ立ったまま見つめた。「この人たちは英語を話さないの？」

「彼女たちは遊牧民《ベドウイン》ですから。ヌーバさまと同じ民族なんです」ゼノビアが説明した。

「街にはほとんど出てきませんが、彼女たちがラシッド殿下の花嫁の着付けをするのがこの国の伝統なんです。今日はポリーさまの付き添い役にしていただけて、光栄だと言ってますわ」

こんな状況でなかったらポリーのほうも友好的にふるまえただろうが、いまの彼女にとって異国の人々に囲まれるのは忍耐力テストに等しかった。顔に何かを塗られ——鏡がないから何をされているのかわからない——豪奢《ごうしゃ》なシルバーとブルーのカフタンを着せられ、深紅のシルクをターバンのように髪に巻かれ、打ち延ばした銀のヘッドドレスを額にとめられてから、ようやくポリーは鏡に近づくことを許された。鏡の中から見つめ返す美しいアラブの花嫁は、もはや以前のポリー・バリントンではなかった。

それからみんなに付き添われ、ポリーはヌーバ王妃の居室におりていった。

寝椅子にもたれかかったラシッドの母親は、いかにも病人らしく、しわだらけだった。

「ごあいさつするのに起きあがれなくてごめんなさい」落ちくぼんだ目を優しくなごませ、かぼそい手を差しだしてポリーのキスを受ける。「婚礼にも出てはいけないと医者に言われてしまったの。がっかりだわ」

ヌーバとの対面がすむと、ゼノビアがポリーの顔にベールを垂らし、一行はまた移動した。ほの暗い照明のともされた広い部屋で――窓の外にはもう宵闇《よいやみ》がおりていた――ラシッドが長身の体をダークブルーの絹のローブに包んで待っていた。彼はポリーを頭のてっぺんから爪先までゆっくりと見おろした。にこりともせずに。彼女が華麗なアラビアの花嫁に変身したのを面白がっているのかどうか、その無表情な顔からはまったくうかがい知れない。

式そのものは短く、立会人もレイジャ国王と数人のいかめしい男たちだけだった。アラビア語の誓いをたどたどしく繰り返させられたポリーは、式がすむと一人だけ戸口のほうに追いたてられた。

その先は広い宴会場で、アーモンド形の目をした女たちの中から細身の若い女性が近づいてきた。「わたしはシャサ」そう名乗ってポリーの頬にキスをする。「仲よくしてね。これから全員を紹介するわ」

女たちのあいさつが終わると、さまざまな料理が運ばれて女だけの祝宴が始まった。談笑する声や皿が触れあう音が頭の中で響きわたり、ポリーは頭痛に見舞われた。喉も痛み、何も食べられない。シャサが隣でイギリスの寄宿学校に学んだころのことをしゃべっても、ガラスの壁をへだてて聞いているようなけだるさを感じていた。

延々と続く祝宴の途中で、ゼノビアがポリーの肩に触れ、退出を促した。シャサはからかうような笑みをうかべたが、ポリーは絶望的な気分にとらわれて胃がむかむかした。お付きの女たちに連れられて薄暗い廊下をさんざん歩かされ、広い階段をのぼらされたあげく、ポリーは大きな四柱式ベッドの鎮座する部屋に押しこまれた。めまいに襲われた彼女の背後で、ドアが音高く閉まった。

4

何か大時代な床入りの儀式があるのではないかという不安からひとまず解放され、ポリーは息をついた。装飾的な鎧戸《よろいど》の向こうには、紫がかった夜空を背景に乳白色の月がぽっかりとうかんでいる。その美しい光景にも何も感じず、ポリーはぶるっと身震いした。この部屋の中では現代という時間の流れが残酷な幻のように感じられる。ポリーは大げさに包装された贈り物であり、夫がその包装を開くのだ。

彼女は震えながらベールとヘッドドレスをはずし、まとめられていた髪をほどいた。こめかみがずきずきし、思わず顔をしかめる。もうこんな茶番はたくさんだ。ラシッドも本気でわたしが付きあうなどと思っているわけはない。と、そのときドアの開く音がして、ポリーはぱっと振り返った。

ラシッドは頭からかぶりものをとり、いまは淡いクリーム色のローブに身を包んでいた。口もとにかすかな笑みをきざんで近づいてくる。ポリーの全身を見まわす目はすっかりくつろいでいるようだ。

「きみがまだ脱いでいなくてよかったよ」彼は嘲《あざけ》るように言い、ひんやりした両手をポリーの肩にかけた。「きみはもうぼくの妻だ」

ポリーはまた目がまわりだすのを感じた。もう立っているのもつらいくらいだ。「あなたとベッドに行くことはできないわ」ぞんざいに宣言する。

ラシッドは床に片膝をついた。「では、ぼくがベッドに運ぼう」そう言って、彼女のカフタンにずらりと並んだボタンを裾《すそ》のほうからはずそうとする。

「自分でできるわ」自分の発言を無視されたことにがっかりし、ポリーはつぶやくように言った。

意外にもラシッドは声をあげて笑った。「ぼくがはずすためのボタンだ。一つはずすごとに少しずつ……」そこで不意に黙りこみ、ポリーを見つめる。「世にも刺激的な習慣だ」

「男にとってはね」ポリーは震えを帯びた声で言った。「わたしがおとなしくあなたに服を脱がされると思っているんなら――」

「思っているんじゃない、知っているんだ」ラシッドは落ち着きはらった態度でボタンをはずしはじめた。「なにしろきみはぼくの妻なんだからね」

彼の妻。一人の人間としての権利をあんな儀式一つではぎとられてしまうなんて。「野蛮人！」

「しゃべる前に考えなさい。今夜は侮辱に耐えるつもりはない」ラシッドは厳しい口調で言った。

ポリーは身を震わせ、胸の前で両手を交差させた。「でも、わたしたちはお互いのことをまるで知らないのよ。なのに――」

ラシッドは音もなく立ちあがり、彼女の手を胸からはずさせた。「きみはきみ自身の意思で結婚したんだ。こういう瞬間が来ることを承知のうえで」

ポリーの息がつまった。「あのときはそこまで考えてなかったわ。考えられなかったの」

「ぼくをはねつけるのか？」

「はねつけるわけじゃないわ。ただ……ただ……」ラシッドが発する怒気に圧倒され、何を言っているのか自分でもわからなくなる。彼は声を荒らげてもいないが、空気がいまにも火花を散らしそうにぴりぴりしている。

ポリーが無意識にあとずさりしようとすると、ラシッドは手首をつかんで引きよせた。

「きみはぼくの妻なんだ。もう拒む権利はない」

「そんな旧弊な！」

「ぼくの旧弊さはまだまだこんなものではないよ」ラシッドは脅すように言った。この誇り高い皇太子が生きてきた封建的な文化においては、夫に逆らう妻の存在など考えられないのだ。「だいたい初めて顔をあわせたときにきみがぼくに期待させたのはこういうことだけだっただろう？」挑むような目が侮蔑《ぶべつ》の光を放つ。「あのとき、きみがぼくに印象づけようとしたものがその美貌《びぼう》以外にあったかい？　少しでも気のきいた知的なことを何か言ったかい？」

ポリーはたじろいだ。「あのときは不安のあまり……何を言ったらいいのか、わからなかったのよ」

「だが、きみはどんな生活が待っているのか気にもかけなかった。きみが気にしたのは自分がぼくのものになるということだけだった。ぼくにきみ以外の妻がいるのかどうかさえきかなかった」

「よくもそんなことが言えるわね」ポリーは後ろにさがり、ベッドの柱に寄りかかった。彼の愛人のことを言ってやりたいが、そこまで言ってはあとが怖い。「あなたにはわたしの気持ちがわからないんだわ。あなたにわかるのは――」

「妻がいま、ぼくにたてついていることはわかる。気にいらないね」ラシッドは皮肉るように言った。

「あなたはわたしを物扱いしている。でも、わたしにだって感情があるのよ」

ラシッドは横柄に眉をあげた。「それじゃきみはぼくの感情を思いやってくれているのかい？」

「あなたには感情なんてないわ」再び彼がボタンをはずしはじめ、ポリーは背中をベッドの柱に押しつけた。もう形ばかりの抵抗を示すエネルギーさえ残っていなかった。「結婚指輪は情欲を正当化するためのものではないのよ」苦々しげにつぶやく。

ラシッドは突如目をきらめかせ、ポリーをベッドに押し倒した。「まさか新婚初夜にこんな侮辱を受けようとはね。あの教会を出たときから我慢に我慢を重ねてきたが、もう容赦はしないぞ。きみはぼくに買われたんだ。ぼくのものなんだ」

ポリーは愕然《がくぜん》として彼を見あげた。その目をラシッドは平然と見返す。〝きみはぼくに買われたんだ〟いまの言葉に体中の細胞が拒絶反応を示していた。ベッドの天蓋《てんがい》がぐるぐるまわりだし、寒気がして、歯の根があわなくなりそうだ。

ポリーが言い返さないので怒りがやわらいだのか、ラシッドは部屋の明かりを暗くして彼女をかき抱いた。「喧嘩《けんか》はよそう、ポリー。男と女の自然な営みを怖がる必要はないんだ」

ポリーはぐったりして頭をのけぞらせた。ラシッドの声が遠のいたり近づいたり、変に聞こえる。

「ラシッド」彼女はしゃがれ声で訴えようとした。

「いや、お聞き」彼は自信に満ちた口調で言った。「ぼくの中で燃えているのは情熱であって情欲ではない。情欲とは相手から奪う一方で与えることはしないが、ぼくは新妻に性的な喜びを与えたいんだ」

ラシッドの指が頬にかかると、ポリーはすうっと目を閉じた。ラシッドがアラビア語で何かののしり、彼女の額に手をやったが、そのときにはポリーはもう意識を失い、無の世界へとすべり落ちていた。

「目が覚めた？」ポリーの口の中に体温計が突っこまれた。初めて見る、それでいてどこかなつかしい顔が、ポリーの上で焦点を結んだ。「今日はここがどこだかわかるかしら？もう峠は越したから心配いらないわ。インフルエンザでもあれほど高い熱が出るなんて珍しいことだけどね」グラスゴーなまりの発音を聞くと、ますます非現実的な感じがする。

ようやく体温計がとり去られた。ポリーは動こうとしたが、手足がやけに重くて力が入らない。霞《かすみ》のかかった頭をなんとか動かすと、鎧戸から入る陽光がペルシャ絨毯《じゆうたん》にレースのような影を落としていた。あたりは色彩豊かな花だらけだ。ポリーはナースハットをかぶった看護師に再び目を向けた。「あなたはどうしてここに？」かすれ声で尋ねる。

「わたしがこの国の人間でないことに気づいたのね。よくなってきた証拠だわ。わたしはスーザン・マッケンジー。ジュマニ・シティ病院と契約しているの。あなたが最初の晩にここに連れてこられたときには、宮殿中の医者が集まって大騒ぎになっていたのよ」

ポリーの顔がさらに青ざめた。「今日は何曜日？」

「土曜よ。覚えてないのも無理ないわ。倒れてからずっとうなされていたんだしね。あなたの具合が悪いことに誰も気づかなかったんだわ。インフルエンザって症状の出かたが急激だし、化粧をしていたから見ただけではわからなかったんでしょう」

ポリーは結婚した晩のことをおぼろげに思いだし、内心うろたえてしまった。初夜のベッドで倒れるとは、なんという醜態だろう！

「だんなさまに会いたいでしょう？」スーザンはうきうきと言った。「でも、いまはまだ寝ていらっしゃると思うわ。ゆうべあなたの熱がさがるまで、ずっと付き添っていらしたのよ」

ポリーは絶望したように目を閉じた。ラシッドとしては献身的な新郎を演じる以外にどうしようもなかったのだろう。ただでさえ気が進まなかった結婚に、いまでは歯ぎしりしたい思いでいるに違いない。

一時間後、スーザンのおしゃべりに付きあわされながら洗顔し、チキンスープを飲んだポリーは、またしばらくうとうとした。そして次に目を覚ましたときには、ベッドのかたわらにジェズラが座っていた。ジェズラはポリーの手をぎゅっと握りしめ、泣きはらした目をして言った。「よくなってよかったわ、ポリー。本当によかった。ラシッドはわたしがあなたに対して腹立ちまぎれにひどいことを言ったのを許してくれそうにないけれど、わたしはあなたがよくなってくれて心底ほっとしているの。本当よ」涙ながらに訴える。

ポリーは彼女の肩をそっとたたいてなだめ、自分が倒れたのはあなたのせいではないと安心させてから問いかけた。「あなたが言ったこと、どうしてラシッドに知られてしまったの？　もしや、わたしがうわごとで――」

「わたしが自分で話したの。罪の意識にさいなまれて。当然ながらラシッドは怒りでおかしくなったわ。お父さまに言いつけられたらどうしよう」

ポリーは口をゆがめた。「彼が国王陛下にそんなことを言いつけるはずがないわ」

ジェズラはため息をつき、ティッシュをもてあそんだ。「あんな中傷をするなんて、噂《うわさ》なんかに耳を貸したのが間違いだったんだわ。ラシッドはそんな人じゃないのに」

ラシッドの人間性については疑問を捨てきれなかったが、ポリーは話をやめさせたくて、安心させるようにほほえみかけた。ジェズラもほっとして笑顔になった。「べつにあなたが気にいらなかったわけではないの。ただ、ラシッドがベラのことでずいぶんつらい思いをしていたから、あなたもラシッドを不幸にしてしまうんじゃないかと心配だったのよ」

ポリーは目を伏せて当惑を隠した。ラシッドの異母妹はいま無意識のうちに、ポリーが知らなかったことをしゃべろうとしているのだ。

「ベラの頭には赤ん坊を産むことしかなかったの。いつもふさぎこんで、泣いてばかりだったわ」ジェズラはひそひそと続けた。「でも、あなたはベラとは違う。わたしの兄は本当に立派な男なのよ」

そう、ポリーは愚かにもあたりまえのことを見逃していたのだ。ラシッドの最初の結婚が幸福だったはずはない。息子を持つことが男らしさの証拠とされるアラブ社会で、子供のいない結婚生活にどうして満足できるだろう。ベラが自分の不妊症に苦しんでいたのなら、ラシッドだって苦しんだに違いないのだ。だが、ベラを深く愛していたから、離婚もしなければ第二夫人をめとることもしなかったのだ。

そのときドアが開き、ジェズラとポリーはともに振り返った。戸口にたたずんだまま動かない兄を見ると、ジェズラはすかさず立ちあがり、彼の横をすり抜けてさっと出ていった。ポリーもできるものなら彼女に続きたかった。

ラシッドは相変わらず近よりがたかった。厳しい表情に油断のない目。「元気になってよかった。きみの健康はわれわれ全員にとって重大な関心事だ」

ポリーはスーザンの手鏡を借りて見たやつれた顔を思いだし、うつむかないではいられなかった。「ごめんなさい。ずいぶん迷惑をかけてしまって」

ラシッドは深々と息をついた。「ぼくをそんなふうに見ているのか？　病気の妻に倒れたことを謝らせたがるような男だと？　ぼくはそんな男ではない。きみを責めるとしたら、なぜ具合が悪いことを黙っていたのかということだけだ」

いま考えると、結婚式のときから頭がぼうっとしていたのだが、この部屋で意識をなくすまで自分が病気であることには気づいてもいなかったのだ。ポリーはもじもじとシーツのしわを指でなぞった。

「きみの顔に触れたら、すごく熱かった。あのときにはもう具合が悪かったはずだ」ラシッドはため息をついた。「きみが気を失ったときには、自分を強姦《ごうかん》魔のように感じてしまったよ」

ポリーはびっくりして顔をあげた。

「ぼくは病気の女に迫るほど無神経ではないんだよ。きみにはそういう男だと思われているのかもしれないがね」ラシッドは続けた。

ポリーは彼から視線をそらした。「そんなふうには思ってなかったわ……」

自分を見おろしていた目がぼんやりした記憶の底からうかびあがってきた。吸いこまれそうな美しいその目に、ポリーはなぜか感傷的な気持ちになったものだ。ひょっとしたらそのときに何かつまらないことを口走ったのではないかと思うと、シーツの下にもぐりこみたくなる。高熱にうなされていたのなら、無意味なうわごとを口にしたとしても不思議はない。

ラシッドはジェズラが座っていた椅子に腰かけた。「きみはぼくが相手だと考えもせずにしゃべる傾向があるようだが、まああの晩は仕方がない。頭が朦朧《もうろう》としていたんだから、気にすることはないよ」

不意に口もとがほころびそうになり、ポリーは慌てて唇を引き結んだ。ラシッドの表情は大まじめだ。彼にしてみれば最大限の譲歩をしているつもりなのだろう。あの晩の自分は確かにどうかしていた。大胆にもラシッドに逆らったのだ。彼がどれほど気を悪くしたか、いまのポリーにはよくわかる。

「きみにいろいろ話さなければならないことがある」

彼が愛人の話を持ちだし、妹をまるめこんだように自分に対しても嘘《うそ》を並べたてるのではないかとポリーは身構えた。

「だが、きみが体力を回復するまで待ったほうがいい話もある」

ジェズラの爆弾発言についてはほとぼりがさめるまで待つつもりらしい。うまい手だ、とポリーは内心憤慨した。いま無防備にへたなことを言うよりも、時間をおいたほうが潔白を主張しやすいに違いない。

ラシッドは不意にポリーの手を握った。「ぼくはずっと批判的な目できみを見てきた。ぼく自身の勝手な思いこみで性急に結論に……」そこで口ごもる。

「飛びついてしまった?」ポリーは手首の内側をなでている親指の感触に気をとられ、声を震わせた。

ラシッドは渋面を作った。「きみはなぜ黙っていたんだい、お父さんが負債をかかえているってことを? きみの一家はいい暮らしをしているように見えたから、ぼくは全然気づかなかったんだぞ」

ポリーは目をしばたたいた。「あなた、父の負債のことを知らなかったの?」

「知らなかった。ひょっとして結納金を受けとったのはきみでなくきみのお父さんだったんじゃないかい？　あの金をきみは彼に渡したんじゃないか？」

父に金を渡した記憶はポリーにはない。ただ父の求めに応じて何かの書類にサインしただけだ。「まあそういうことになるのかもしれないけど、でもそれが何か——」

「ぼくはきみがそっくり金を受けとったものと思っていたんだ」

「わたしが？」ポリーはようやく彼の言わんとしていることを理解した。「そのお金でわたしに何ができるっていうの？」

ラシッドの形のいい唇に微笑がきざまれた。「ぼくはきみ自身が金持ちになりたくて、親のすすめに従ったのだと思っていたんだ。だが、きみのお父さんが負債をかかえていたのを知って——」

「どうして知ったの？」

「きみは熱を出しているときが一番おしゃべりだ」ラシッドはそう言ってポリーの手を放し、立ちあがると窓辺に移動した。

ポリーは顔を赤らめた。「でも、どっちだってたいした違いはないでしょう？」

ラシッドは窓辺で振りむいた。「とんでもない。きみは自分のためではなく家族のために結婚したんだ。当然ながらぼくの見かたも変えざるを得ない。それにこんなことは言われたくないかもしれないが、金と引きかえに娘を知らない男に嫁がせてにっこり笑っていられる親なんて、ぼくはどうかと思うね」

「そんなんじゃないのよ」ポリーはつぶやいた。

「ぼくはこの目で見たんだ。きみに対して偏見を抱いていなかったら、あのときに事情を察していただろう。きみは親に強要されて結婚したんだ」

「決めたのはわたし自身だわ」

「違うね」ラシッドは冷ややかに言った。「自分で決めたことなら受けいれられるはずだ。だが少なくとも結婚式の時点では、きみはぼくとの結婚を受けいれられなかった」

この話がどういう方向に進むのか見当がつかず、ポリーは押し黙った。いずれにせよ彼の言葉は的を射ている。クリスとの間に未来はなく、家族のことも心配だったから、目をつぶって結婚に同意したのだ。よく考えもせずに。

ラシッドは吐息をもらした。「とにかくいまは早く元気になってくれ。ぼくはそろそろ退散する。あのおしゃべりな看護師に捕まってはかなわない。彼女、きみの前では黙っているときもあるのかい？」

「ないわ。でも、彼女のことは好きよ」

「それなら目的は達成できたわけだ。きみにはイギリス人の看護師のほうがいいかと思ったんだ」

「お花をありがとう」戸口に向かったラシッドに、ポリーはおずおずと言った。「とてもきれいだわ。お花をもらったのは生まれて初めてなの」

もっとも、その花にもたいした意味はあるまい。ラシッドは立場上、病める妻をないがしろにするようなことはできないのだ。

「クリスマスが三カ月後に迫っているなんて信じられないわね？」スーザン・マッケンジーは真っ赤に燃える夕日に目をやってから、再びポリーの髪をとかしはじめた。「早く国に帰って寒さを実感したいわ。あなたもクリスマスがなつかしいでしょう？」

ポリーは目をうるませた。「ええ」

「笑って！」スーザンは励ました。「もう体調は、ほとんどもと通りなのよ。いまは寝ついていたせいで気がくさくさしているだけ。倒れてから十日以上たつんですもの、もう寝ていることにはうんざりなんでしょうよ。でも、今日はあなたをびっくりさせることがあるの」

びっくりすることなら、この十日間でもう十分経験させられた。何より驚いたのはラシッドが日に四回も五回も顔を出したことだ。五分で出ていくこともあれば一時間いることもあったが、来るときには必ず本か花を持ってきてくれた。だが、ここにいる間も口数は少なく、ポリーのほうが緊張に耐えかねて際限なくしゃべらなければならなかった。ラシッドはポリーの話ならどんなにつまらないことでも熱心に耳を傾けたが、ポリーにはそれがかえって落ち着かなかった。彼の態度も決してくつろいだものではなかった。狭い檻《おり》に閉じこめられたチータのように室内をうろうろ歩きまわり、ベッドには必要以上に近よらなかった。

ポリーはラシッドとのやりとりを思い返し、なぜ彼がそんなに距離をおこうとするのか考えてみたが、結局理由はわからない。ポリーが結婚に応じたのは親から圧力がかかったせいだと知って、自尊心を傷つけられたのかもしれない。ポリーに対する見かたが変わったとは言っていたけれど、財産目あてのブロンドという以前のイメージのほうが、なぜか彼には好ましかったのではないかという気がする。まったくラシッドという男はわからないことだらけだ。

「あまり興味がなさそうね？」スーザンが言った。「びっくりすることってなんなのか、知りたくないの？　今夜はだんなさまと食事できるのよ！」

ポリーはういういしく頬を染めるかわりに顔面蒼白《そうはく》になった。なぜラシッドがわたしと食事を？　気がとがめているから？　彼は明日からニューヨークに行くことになっている。仕事は口実で、本当は愛人と情熱的な一時を過ごすためだ。愛人とはおしゃべりも気楽にできるのかもしれない。不意に涙がこみあげ、ポリーは妹からの手紙に目を落とした。

その手紙にマギーは、クリスが週末レディブライトに帰ってきたと書いていた。ポリーはため息をついて手紙をおいた。一カ月前には思いもよらなかった考えが、いま頭を占めていた。ラシッドの愛撫《あいぶ》に対する自分の狂おしい反応が、クリスへの気持ちに欠けていたものを思い知らせたのだ。クリスを愛しながら、その愛を体で表現したいとはまったく思わないなどということが現実にありうるのかしら？

やはりわたしはこの四年間、ただの好意を愛と錯覚してただけなのだろう。自分の感情を自分で読み違えていたのかと思うとがっくりしてしまうが、ほかに考えようがない。

クリスが医学部進学のためにレディブライトを去ったときの悲しみも、おとなになるにつれて距離が開いてきたことへの寂しさも、すべて成長期に特有の不安にすぎなかったのだろう。恥ずかしがり屋で内向的な十代の女の子にとって、ただ一人心を許せるクリスは最後の切り札だったのだ。もしあの気持ちが本当の愛だったら、ラシッドに対してあれほど無防備にはなれなかったに違いない。

その晩ラシッドが入ってきたとき、ポリーは本を読んでいた。一心不乱に活字を追っていたので、足音にも気づかなかった。「そんなに面白いかい？」

ポリーは顔をあげ、ラシッドの格好にびっくりした。白い絹の開襟シャツに、引きしまった腰や長い脚を強調するぴったりしたジーンズ。胸が高鳴りだすのを感じながら、ポリーはきき返した。「え？」

「その本だよ」

「ああ、これね」ポリーは無造作に本をおいた。「あなたがジーンズをはくとは思わなかったわ」

ラシッドは肩をすくめた。「きみがまだ着がえられるほど回復していないから、ぼくもくだけた格好にしたんだ」

ポリーが立ちあがろうとすると彼の腕が伸びてきて、次の瞬間には抱きあげられた。

「ちょっと、おろしてよ。自分で歩けるわ」

「医者が無理は禁物だと言っていた。ぶり返しては困るだろう？　ここの気候はデリケートな人間にはきつい」ブルーの目が紅潮した顔を見つめる。

キモノ式の薄手のローブ越しに伝わってくるぬくもりに、ポリーの頭はくらくらした。不自然に体を硬直させながら広くて簡素な部屋へと運ばれ、絹のクッションの上に座らされる。

ポリーの内なる欲望はラシッドが忍びこませた恐るべき敵のようなものだった。五感が熱を帯びて頼りなく揺れる。ベッドに座って礼儀正しいラシッドと向きあっているときは自分にそんな弱さがあることも無視していられたけれど、体が触れあったとたん自己欺瞞《ぎまん》は打ち砕かれた。口の中が乾き、心臓が早鐘を打っている。それだけでもクリスには感じたことのないものを改めて指摘されたみたいで、いっそう不安がふくれあがる。

ラシッドが床に腰をおろすと、何人もの使用人が次々と料理を運んできた。

「きみがぼくと食事できるくらい元気になっているのが前もってわかっていたら、テーブルと椅子を運ばせておいたんだが」ラシッドは言った。ということは、スーザン・マッケンジーが彼にわたしと一緒に食事するようすすめたってこと？　「このあたりの部屋はあまり近代的にはしてないんだ」

「ベラは伝統的なインテリアのほうが好きだったのね」ポリーはぎこちなく言った。

ラシッドの表情がみるみるかたくなった。「ベラとぼくが使っていた部屋は別の翼にある。彼女が亡くなってから環境を変えることにしたんだ」

以前の環境はベラをしのぶための聖域として残してあるということ？　ラシッドの前の結婚が不幸だったというジェズラの言葉を、ポリーはもう額面どおりには受けとれなくなっている。四年前のジェズラはまだそういう判断ができる年ではなかったはずだ。ラシッドがベラの話に敏感に反応するさまは、二人が幸福だった可能性を示唆している。でも、ラシッドの愛人はどういう位置を占めているの？　そこまで考えて、ポリーは自分のうぶさ加減を嘲笑《あざわら》った。ラシッドの性的エネルギーは愛する妻が死んでも衰えてはおらず、彼にとって愛人は贅沢《ぜいたく》品ではなく必需品なのだ。彼がわたしをほうっておいてくれる限り、べつにどうでもいいけれど。

「きみの家と比べたら、ここはちょっと原始的な感じがするかもしれない」ラシッドは言葉をついだ。「ぼくに必要なものはごくわずかなんだ。家にいる時間も短いし」

ラシッドの、いつになく決まり悪そうな様子にはっとし、ポリーは急いで言った。「あら、ここも居心地は悪くないわ」

「ふだんは父と食べているんだ」ラシッドが珍しく自分の生活に言及した。彼が自分を語ることはめったにない。子供のころ家庭教師とともに母ヌーバの親戚《しんせき》である遊牧民《ベドウイン》たちと砂漠を旅していたことをポリーが知ったのも、ジェズラが話してくれたからだった。ラシッドは十歳のときにサウジアラビアの全寮制私立学校に入り、最終的に経営学の学位をとったという。レイジャ国王は跡継ぎが西洋文化に毒されるのを危惧《きぐ》していたのだろう。だがポリーが受けた印象では、ラシッドの子供時代は暗くわびしいものだったようだ。自己鍛練に重きがおかれ、親にかわいがられたり、のんきに遊んだりする機会はほとんどなかったのではないかしら？　だとすれば、いまの彼が生まじめなのもうなずけるというものだ。

「今夜もわたしと食べる必要はなかったのに」よけいな物思いを振り払い、ポリーは言った。「わたしとの食事が禁止条項に入っていることは結婚前から聞かされていたんだし。アシフは家ではいつもシャサと食べているそうだけど、彼の場合はイギリスで教育を受けたために悪い習慣がついてしまったってことなんでしょう」

弟の名前が出たとたん、ラシッドは無表情になった。「アシフが西洋の習慣に染まっていることは否定しないが、いまアシフの話はしたくない」

「なぜ？」ポリーは追及した。「彼に何か問題でも？　わたしは感じのいい人だと思ったけど」

その言葉にラシッドは眉をあげた。「アシフは昔から感じよくふるまうのが得意だった。それがきみたち女性にはたまらない魅力らしい。ところできみも知ってのとおり、ぼくは明日ニューヨークにたつ。戻ってくるまで、きみはここの模様がえをするといい。好きなようにかえて構わない。ここにいる間はなるべく快適に過ごしてもらいたいんだ」

その言葉は尾に針を持ったさそりのようなものだった。〝ここにいる間は〟と彼は言った。いずれは離婚するということを遠まわしに宣言しているの？　この結婚生活の行く末をすでに予見しているということ？　ポリーの心を激しい怒りの波がのみこんだ。「いったい、いつごろまで快適に過ごさせてもらえるのかしら？　なにも持ってまわった言いかたをすることはないのよ。離婚したいならそう言えばいいわ」

ラシッドはまったく動じなかった。「いまのところ離婚は考えてない」

「だったら希望を持たせるようなことは言わないでよ。むしろはっきり期限を決めてもらいたいわ」

「それでは互いに飽きるまで、ということにしよう」ラシッドは言った。「男女が引かれあう気持ちは雨後の砂漠に咲く花のようにすぐにしぼんでしまう。それがわかっていながら甘い嘘を並べ、あとできみを傷つけるようなことはしたくないんだよ」

ポリーは手の中のレモネードのグラスをぼんやり眺めた。そんな残酷なことを彼はどうして誠実そのものといった口調で言えるのだろう？　胸にさまざまな感情がいり乱れる。

中でも憎悪が強かった。自分は彼をいっとき満足させるための性的存在にすぎないのだ。彼は最初からこの結婚生活を投げている。永遠の絆《きずな》を結ぼうとは考えてもいない。しかも、その考えを堂々と口にするなんて許しがたいことだ。

「あなたにわたしを傷つける力なんかないわ」歯を食いしばってポリーは言った。

「きみもぼくみたいに正直になるべきだな」ラシッドは目に謎《なぞ》めいた表情をたたえて彼女を見た。「クリスに関してね」

ポリーはめまいを覚え、おうむ返しに言った。「クリスに関して？」

5

「うなされていたとき、きみはクリスの名を呼んだ。きみが元気だったら、もっと早くに説明を求めていたところだ。彼ときみがどういう関係だったのか聞かせてもらいたい」

ポリーの顔色が変わった。わたしがクリスの名を呼んだ？　熱にうかされた頭に、クリスに対する混乱した感情が渦巻いていたってこと？　ポリーはそっとラシッドの顔をうかがった。要するに彼がよそよそしかったのは、それが原因だったというわけだ。わたしが回復するまで先延ばしになっていた話題とはこのことだったのだ。思っていたほど清純なけがれない花嫁ではなかったのかもしれないと、ラシッドは疑いを抱いたのだ。彼が知りたいのは何？　わたしとクリスの間に肉体関係があったのかっていうこと？　ラシッドの居丈高な尋問に、ポリーは腹が立ってきた。

「わたしとクリスがどういう関係であろうと、あなたには関係ないわ。あなたが買ったのはわたしの使い捨ての未来であって、過去ではないんだから」

ラシッドが抑制のきいた動きでゆっくり立ちあがった。「彼に恋しているのか？　答えろ。きみはぼくの妻なんだ！」

あなたに都合がいいときだけのね、と心の中で言い返しながら、ポリーはすばやく考えた。恋。わたしはただ恋に恋していただけなんじゃない？　だとしても、やっぱりラシッドには関係ないわ。

「こっちを見て答えるんだ」ラシッドが不気味な声音で言った。「ぼくには知る権利がある」

ポリーはちらりと彼を見あげた。「彼に恋していたらどうだっていうの？」

ラシッドの目に激しい憤怒《ふんぬ》が燃えあがった。「ほかの男に恋をしていながら、ぼくと結婚したっていうのか？　もうきみの話を聞かずに勝手な判断をくだすのはやめようと心に決めていたが、自分の勘を疑うのは間違いだったようだな」

振りおろされる直前の鞭《むち》のごときラシッドの態度に、彼の疑念をあおってやろうという悪意に満ちた決意が突如ぐらついた。クリスのほうに恋愛感情がなかったことはラシッドも気づいているのだろうから、このままでは自分があわれに見えてしまうだけだ。軽率なひとことを悔やみつつ、ポリーはいらだたしげに言った。「いまのはただの冗談よ！」

ラシッドはずいと近づいてきて、ポリーの前に膝をついた。「冗談？」

ポリーが体を引こうとすると、髪にいきなり手を差しいれ、ブルーの目でにらみつける。

「冗談とはどういうことだ？」

「冗談という言いかたは不適切だったけど……」ポリーは必死の思いで訂正した。「どうせあなたにはわからないわ」

ラシッドの長い指に力がこめられた。「わかるように説明しろ」

「クリスとは幼なじみよ。それだけの関係だわ」

ラシッドは探るように彼女を見つめた。「それだけではあるまい。きみは彼に引かれていたんだ。もしぼくが現れなかったら……」そう言いながらのしかかるように彼女をクッションの上に押し倒す。「だいたいきみの冗談は面白くない」

「だから冗談ではないんだと言ったでしょう?」ポリーはなんとか彼を押しのけようとした。

「きみは駆け引きがへただな」ラシッドはにやりと笑った。「ぼくに焼きもちをやかせようとしているのが見えすいている。しかし、ぼくがやくはずはないだろう? きみはぼくのものなんだ。ぼくの許可なしではどこにも行けない」

「べつに焼きもちをやかせようとしたわけじゃないわ! それに、自分のものだなんて言われるのは耐えられない!」

「事実は事実だ。否定しても始まらない」ポリーが戸口のほうに目をやったのを見て、ささやき声で続ける。「ぼくが呼ばなければ使用人は来ないよ」

「わたしが大声をあげても?」ポリーは身をかたくして言い返した。

ラシッドは不敵な笑みを浮かべた。「きみがぼくに抱かれて喜んでいるか、あるいはぼくに殴られていると思うだろうよ。どちらにしても誰も入ってはこない」

欲望に輝く目で見つめられ、ポリーは自分が言い訳しようのない反応を示してしまうのではないかと恐ろしくなった。ラシッドには侮蔑《ぶべつ》と無関心で報いてやるべきなのだ。だが、彼はやにわにポリーの唇を貪《むさぼ》りはじめた。

ポリーは首をそむけて逃れた。「やめて！」

ラシッドの手が彼女の頬をなぞった。「ぼくたちは最初から互いを求めあっていた。きみもそのうち〝やめて〟などとは言わなくなるだろう」

再びポリーの唇をとらえ、粘り強く丹念にキスを続ける。またたく間にポリーの全身に官能の嵐《あらし》が吹き荒れはじめた。巧みな手に体を愛撫《あいぶ》され、われ知らず彼にしがみつく。ラシッドは息をはずませてようやく身を起こし、とろんとした彼女の目やピンクに染まった頬を見おろした。

「だがいまのきみは〝やめて〟と言うべきところで言おうとしない。だからぼくのほうがここらでやめておかないと。きみはまだ最後まで持ちこたえられるほど回復していない。じつに残念なことだがね」

ポリーは乱れたローブの胸もとをそそくさとかきあわせた。さわられたバストが痛いほどうずき、下半身が震えている。押しつけられた体の感触がまだ焼き印のように残っている。

「そんな顔をして、ぼくに無理やり襲われたわけでもあるまいに」ラシッドがそっけなく言った。「せめて自分自身には正直になれよ」

ポリーは怒りをこめてつぶやいた。「正直に言うなら、売春婦の気持ちがいま初めてわかったわ」

ラシッドは一瞬押し黙ってからのけぞって笑った。ポリーが怒って立ちあがろうとすると、ウエストを両手でつかんで引きとめた。「悪かった、きみの捨てぜりふを笑ったりして。だが、きみはぼくを怒らせようとして、ときどき途方もなくおかしなことを言う。本当ならぼくは怒るべきだったんだろう?」

「あなたがどういう女と付きあってきたかを考えたら、怒るのを期待しても無駄だったんでしょうよ! でも、わたしをそういう女と一緒にしないでもらいたいわ。そのいやらしい手をさっさと離して」

ラシッドの目から光が消えた。「きみに、考えもせずにしゃべる癖があることはわかっている。だが、いつかその口が災いを招くことになるぞ」

「わたしを黙らせようとしたってそうはいかないわ。この際はっきり言わせてもらいますけど、わたしは絶対ベッドには付きあわないわよ。こんな茶番はまっぴらだわ」

彼はようやく手を離した。「妹がきみにばかげた話を聞かせたこと、ついうっかり忘れていたよ」

つまり、ここ何日かポリーの頭を占めていた問題も、彼にとってはささいなことにすぎなかったというわけだ。ポリーはずけずけと言った。「妹さんなら喜んでだまされてくれたでしょうけど、わたしにはごまかしは通用しないわよ」

「ぼくのことがまるでわかってないんだな。もう少しわかってきてもよさそうなものなのに」

どうやってわかれというの？ ラシッドの精神構造はいり組んだ迷路みたいに、ポリーをとことん混乱させる。

「ぼくにはほかの女なんかいない」ラシッドは冷ややかに言った。「ずっと禁欲的な生活を送ってきたとは言わないが、妻を相手に嘘《うそ》は言わない。嘘や欺瞞《ぎまん》にはへどが出る」

彼の冷たい視線を受けとめきれず、ポリーはうつむいた。ラシッドは敏捷《びんしょう》なチータだ。罠《わな》にかかる前に逃げている。もう愛人はお払い箱になっているのだ。レイジャ国王が王手をかけたということだ。あの老人には脱帽せざるを得ない。息子の性格を知りぬいている。ポリーを引きいれ、ブロンドのパリジェンヌを追い払ったのだ。ラシッドが愛人と別れるとは思ってもいなかったポリーは、独り合点して勝手に怒っていたということだ。彼女はこの場から逃げだしたくなった。「わたし、疲れたわ。こんな話はもううんざり」

「ぼくの腕の中にいたときには忘れていたのに？」ラシッドが眉をあげて嘲《あざけ》った。「あの調子なら、ぼくたちはうまくいくんじゃないかな?」

ポリーの目に熱い涙がこみあげた。だが、ラシッドを疑ったことを恥じる気にはなれない。彼にとって、自分は妻という名の愛人でしかないのだ。

ラシッドはため息をついた。「確かに疲れているようだな」そしてすかさずポリーを抱きあげた。

ポリーは戸棚の中に片づけられようとしているおもちゃになったような気分でベッドに横たえられた。

「ニューヨークから電話するよ」ラシッドは言った。

「どうぞお気遣いなく」ポリーは投げやりに答えた。「わたしも声を聞きたいとは思わないでしょうし」

「きみがそう言うなら」

ラシッドが乱暴にドアを閉めていったなら、まだ少しは救われただろうが、彼はそんな子供じみた八つ当たりはしなかった。でも、今夜の食事はさんざんだった。まったく妥協点を見いだせなかった。ラシッドには妥協する気などこれっぽっちもないのだ。

彼がわたしに、割りきってセックスの相手をすることを期待しているなんて、とうてい耐えがたい。さらに悪いことに、ポリー自身かつて感じたことのない欲望を彼にかきたてられているのだ。クリスへの思いには欠けていた要素が、ラシッドが相手だといやおうなしに彼女を振りまわす。

夜明けに礼拝の始まりを告げる声がしたときにも、ポリーはまだうつろな目を開けたまま、荒れ狂う感情をなんとかなだめようとしていた。


「わたしの水着を貸してあげるわ。一ダースはあるから」シャサが笑顔で言い、とりだした何着かの水着をベッドにほうった。「またこれを着られるようになるのが待ち遠しいわ」

ポリーはやっと妊婦らしくなってきたシャサの体にちらりと目を向けてほほえみ返した。

「もう着られなくなってるの?」

シャサは鼻にしわを寄せた。「妊娠初期は倦怠感《けんたい》がひどいのよ。アシフは活動的なスポーツマンで、夜も遅いタイプだから、わたしの妊娠中は始終出かけてしまうのも仕方がないのよね。こんな体じゃあまり魅力的とは言えないし」

「そんなのばかばかしいわ」

「あなたは男じゃないからわからないのよ」

ポリーはシャサのかたい横顔から目をそらし、水着に着がえた。確かにアシフはあまり家にいないようだ。この二週間で五回は彼らの住まいを訪ねたけれど、シャサはいつも独りぼっちだった。元気いっぱいのアシフと暮らすのもそう楽しいことばかりではないらしい。

ラシッドは今週末に帰ってくる予定だ。電話は一度もかかってこない。留守にしていてさえ自分の心を支配する彼に、ポリーは強いいらだちを感じていた。でも、ほかに考えることが何かある？　毎日一時間ずつ勉強しているアラビア語のこと？　ジェズラは昼はジユマニの大学に行っているし、夜は同世代の友だちをもてなしたりテレビを見たりしている。

「子供たちはどこなの？」シャサのあとから中庭のプールのほうへと歩きながら、ポリーは問いかけた。いつもなら二人の幼児は外で遊んでいる時間だ。

「看護師のところよ。今朝はあの子たちの相手をするのさえ大儀で。あなたに来ていただけばよかったわね。あなた、子供が大好きでしょう？」

　ポリーは声をあげて笑った。「弟や妹が四人もいたら、いやでも好きになっちゃうわ。それにあなたの子供たちも本当にかわいいし」

　冷たい水の中に入ると、ポリーはうっとりと吐息をもらした。軽く泳いだあと、サングラスでまばゆい日ざしから目を保護しながら水面に体をうかべる。

「あなたはいい友だちだわ」シャサがやぶからぼうに言った。「様子がおかしいとわかっていても、何もきかずにいてくれる。本当にありがたいわ」

　ポリーは驚きを抑えこんだ。いまのほめ言葉は見当違いだ。自分のことで頭がいっぱいで、シャサとアシフの関係がうまくいってないなんてまったく気づいていなかったのだ。

「何かわたしにできることがあったら……」ポリーはそっと言った。

「ありがとう。でも、なんとかなるわ」

何がなんとかなるっていうの？　自分のまわりはわけのわからないことばかりだ、とポリーは思う。考えてみたら、ベラのことだっていまだに何もわかっていない。知りたいと思うのは自然なことでしょう？　だったらシャサにきいてみたら？　ポリーは咳払《せきばら》いして切りだした。「ベラってどんな人だったのか、教えてくださらない？」

シャサが驚いたように寝椅子の上で半身を起こした。「ベラのこと？」

「ラシッドは何も言わないし、わたしも彼にはききたくないの。ベラのことはあなたも知ってらしたんでしょう？　彼女が亡くなったのはあなたがアシフと結婚して間もないころのことだそうだけど」

「何度か会っただけだわ、十代のころに。両親が海外に行っている間、わたしは夏をここで過ごしたの。アシフとも、そのころから顔はあわせてたわ」

「でも、ラシッドは結婚するまでベラと会ったことがなかったんでしょう？」

シャサは顔をしかめた。「アクメド殿下は古い人で、ベラに対してとても厳格だったの。彼女がわたしたちみたいに教育を受けていないのも、殿下が女に教育を受けさせることに反対だったからよ。彼女はきれいで女らしかったけれど、とてもおとなしくてとっつきにくかったわ」

「ジェズラは彼女がよくふさぎこんでいたと言ってたけど」

「ええ、そのとおりよ。ベラは子供をほしがるあまり……気持ちが少し不安定になっていたの。ラシッドを深く愛し、偶像視していたわ」シャサの優しい目が陰った。「でも、彼女には強さが欠けていた。アシフは彼女を嫌っていたわ。彼女のせいでラシッドは変わってしまったのだと言って。わたしは昔のラシッドを知らないから、なんとも言えないけど」そのとき足音が聞こえたので、シャサはほっとしたように振りむいた。

白いシャツを小粋《こいき》に着こなしたアシフがサングラス片手にプールサイドをのんびり歩いてきた。ポリーを見て、彼は大げさに驚きの表情を作った。「おや、ポリーがいるなんて幻でも見てるのかな。きみの噂《うわさ》はよく耳にするのに、実物にはめったにお目にかかれない」

「ポリーはよくここに来てくれるわよ。それなのにそんなことを言ったら変に思われるわ」シャサは陽気な夫から目をそらしながら、とがった声で言った。

アシフは笑い声をあげた。「ただの冗談だよ。なにもポリーをお客さま扱いすることはないだろう？　彼女が来ているのをぼくが喜んでいるのは言うまでもないことだし。だが、ぼくがきみだったらね、ポリー……」アシフはもっともらしく声をひそめて続けた。「いますぐプールからあがるところだな。ラシッドはあまりさばけたタイプじゃないからね。自分以外の男がきみに熱い視線をそそぐなんて許せないんだ。きみが寝こんでいるときに、ぼくが見舞いに行くのさえ禁じたくらいだからね。見舞いどころか花を届けさせたことにも文句を言ったほどだ」

「花?」ポリーははっとしてきき返した。

「いまごろラシッドはきみを探しているだろうよ」アシフは自分の失言にも気づかず言葉をつぐ。「うちのプールにいるのを見つけたら、いい顔はしないだろうな」

最初の花はアシフが届けさせたものだった。そのことに気をとられ、ポリーの反応が一瞬遅れた。「ラシッドが帰ってきたの? もう?」

急いで水からあがると、シャサがタオル地のローブをほうってくれた。「服はあとで届けさせるわ」

ポリーは震える手で髪の水をしぼり、自分たち夫婦の住まいへと急いだ。ラシッドの帰国は五日も先のはずだし、ジェット機の音も聞こえなかった。いったいどうして聞き逃してしまったのだろう? 最初に花を贈ってくれたのがラシッドでなくアシフだったということや、ベラが非の打ちどころのない妻だったことに動揺していたせい? ベラはきれいで、女らしくて、おとなしくて、夫を崇拝していた。子供ができないのを嘆くのは無理もないことだし。

ポリーは慌てて寝室に駆けこんだ。ローブを脱ぎかけると突然ドアが開き、思わず動きをとめる。

水着が張りついた体の曲線をブルーの目がなめるように見まわし、ポリーは慌ててローブをはおり直した。

「泳いでいたのかい?」

「ええ」ラシッドの熱い視線に、声が裏返る。「ジェット機の音が聞こえなかったわ」

「空港のほうにおりたんだ。ジュマニに用があったから」ラシッドはかぶりもの《カフィエ》をとめてあった金のひも《アガール》を頭からはずし、つかつかと近づいてきた。彼女が押さえているローブの胸もとを強引に押し開き、肩から落とす。次の瞬間ポリーは彼に抱きすくめられ、唇を奪われていた。ラシッドの情熱に全身を揺さぶられ、われ知らず本能的にキスにこたえる。つかの間、この世にラシッドしか存在しなくなり、宇宙が彼の荒々しい抱擁の中に凝縮した。

ラシッドはポリーのうなじで結ばれているひもをほどき、もどかしげに水着をウエストまで押し下げて、柔らかなふくらみをその手に包みこんだ。とたんに膝から力が抜け、ポリーは彼の肩に指を食いこませてつかまった。ラシッドはキスを中断し、彼女をかかえあげてベッドに運んだ。

ポリーが両手で胸を隠すのをぎらつく目で見つめながら、彼は服を脱ぎはじめた。「結婚式の晩、病気で倒れさえしなかったら、きみは喜んでぼくに抱かれていたはずだ」

「そんなことないわ!」ポリーは狼狽《ろうばい》して叫んだ。

「いや、いまからそれを証明してみせよう。この部屋を出るときには、きみはもう夫の情欲におびえる妻の役などうまく演じられなくなっているだろう」ポリーがベッドの上を這《は》って逃げようとすると、ラシッドはその足首を無造作につかんでにやりと笑った。「しかし正直なところ、きみがここまで楽しませてくれるとは思わなかったよ」ポリーはラシッドを蹴《け》ろうとじたばたしたが、彼はその抵抗を難なく封じ、楽しげに目をきらめかせた。「愚かにもいままで気づかなかったが、きっとこういうのがきみの夢だったんだな」

「ゆ、夢?」ポリーはとまどった。

「無慈悲なアラブ人の夫に力ずくで組み敷かれ、許してくれと哀願しているのに陵辱されてしまう」ラシッドは嘲るように説明し、ポリーを絶句させた。彼女の足首を放し、かわりに体を使って、暴れるポリーを押さえこむ。「まだ悲鳴をあげないのかい? つまりジレンマに陥っているんだな。邪悪な夫には嫌悪感しか感じないはずなのにね。あいにくきみの演技にはあまり説得力がない」

ポリーはかっとなって片手を振りあげたが、その手はあっさり彼の手につかまれてしまった。

「だめだよ」反抗的な子供に基本的なマナーを教えるような、きっぱりとした口調だった。

怒りと無念さのいりまじった涙がポリーの目をうるませる。「あなたって救いがたい野蛮人だわ!」

ラシッドはつかんでいる手の指先に歯を立てた。「結婚してもう一カ月近くたつんだ。ずっと辛抱させられてきたんだよ」

「あなた、具合はどうかと、きいてさえくれないじゃないの！」ポリーは彼の愛撫に身を震わせた。

「元気なんだろう？」とラシッドはせせら笑う。「きみの体力にはもうなんの問題もないはずだが」

「こんなの最低よ！」

ラシッドは目をきらめかせ、罰するように彼女の人さし指をかんだ。「きみに本音を言わせるには、涸《か》れ井戸の上で逆さづりにしなければならないんだろうが、ぼくがもっと繊細なタイプできみは幸運だったよ」

「わたしが何を言ってもやめないつもりなの？」

「だって、きみはやめてほしいとは思ってない」ラシッドはそう言うと、水着を引きおろして手際よく脱がせ、さっきまで愛撫していたあたりに顔を伏せた。自分の白い肌にかぶさる彼の髪の黒さ。その光景に耐えられず、ポリーは目をつぶった。敏感ないただきを包む舌の動きに思考が停止し、彼の髪をまさぐってくちづけを求める。

彼の手が腹部から下のほうに動きだすと、ポリーは想像もできなかった感覚にとらわれて身をよじった。自分があられもなく声をあげていることに気づき、とっさにラシッドの肩に口を押しつける。その肌にまつわりつく白檀《びゃくだん》の香りが悩ましく、狂おしい喜びが渦を巻くように高まっていく。

「きみをぼくにくれ」ラシッドがかすれ声で言った。

ポリーが彼の肩から唇を離すと、彼はその従順さに燃えるような情熱で報いた。ポリーの脚を開かせ、躊躇《ちゅうちょ》なく体を結びあわせる。初めて知る痛みがポリーを翻弄《ほんろう》していた欲望の嵐をつかの間しずめたが、ラシッドは唇で彼女の悲鳴を封じながら容赦なく突き進んだ。ポリーはたちまち高みに押しやられ、ずっとこの瞬間を待っていたかのように喜びに溺《おぼ》れた。ラシッドも息を切らしながら同じ高みに到達した。

やがて彼はポリーの顔をしげしげと見つめ、汗ばんだこめかみにキスをすると静かにささやいた。「きみはぼくを喜ばせる」

ポリーはその言葉で陶酔からさめ、はっとわれに返った。自己嫌悪に陥ってラシッドから離れようとすると、彼もまた同時に彼女を放して起きあがった。

ラシッドがベッドから出ていくと、ポリーはシーツを頭からかぶった。世界はまだぐるぐるまわっているが、驚愕《きょうがく》と狼狽が彼女をとらえていた。ラシッドは正確に予見していたのだ。彼女が屈服し、そして――いまさら目をそらしても仕方がない――快楽を得ることを。自分の弱さが情けない。ああ、わたしは理性を失い、われを忘れてしまったのだ。

マットレスが沈んだ。「ポリー……ぼくのベッドは巣穴ではないし、きみはうさぎではないんだよ。出てきなさい」

自分のベッドがもう自分だけのものではなくなったことを意識しながら、ポリーはしぶしぶ顔を出した。そのとたん浅黒い手の上のダイヤとエメラルドに目を吸いよせられ、声もなくそれを見つめる。

「ニューヨークできみのために選んだものだ」ラシッドはその見事なネックレスを彼女の首にかけ、髪の内側で留め金をとめた。

電話のほうがずっと安あがりだったのに。そう思いながらポリーはぽつりと言った。

「すてきだわ」

「そろいのイヤリングとブレスレットもある」ラシッドはぶっきらぼうに言った。

愛妾《あいしょう》として屈服したごほうびだとしたら百年早いわ、とポリーは心の中で切りすてた。ふと疑惑が胸にきざす。彼、ニューヨークで何をしていたの？

この宝石は新しい愛人にあげなさいと投げつけてやれたらいいのに。

シーツを体に巻きつけ、ポリーはバスルームに行った。鏡の中の顔は昨日までと変わらないけれど、中身はもう以前の自分ではないのだと心につぶやきながら、震える指でネックレスをはずす。さっきは何も考えられなかった。彼がたまらなくほしくて。怒り、おびえ、絶望していながら、それでも彼がほしかった。いったいどうしたというのだろう？

彼にさわられて気がおかしくなってしまったの？　頭を混乱させたまま、彼女は冷たいシャワーを浴びはじめた。間もなく後ろから力強い腕が体にからみついてきた。

「ラシッド?」ポリーはあえぐように言った。

「きみと一緒にシャワーを浴びる人間はぼく以外ありえない」

「あなたとも一緒には浴びたくないわ！　この国が慢性的に水不足だとでもいうの?」

「ポリー」ラシッドが笑いを含んだ声で言った。「頼むから笑わせないでくれ」

そして息もつかせず彼女にキスをした。ポリーの世界がまた旋回しはじめ、いつの間にか二人はバスルームを出て、厚いカーペットの上で情熱的にもつれあっていた。ポリーは次々に襲ってくる快感にもみくちゃにされ、慎みも忘れて彼にしがみついた。

だが、終わったあとは、天井にはめこまれたスポットライトの光が非難がましい目のように感じられた。ラシッドの手はまだ、わが物顔で汗ばんだ彼女の肌の上をさまよっている。

こんなことは夢であってほしかった。目が覚めたら、この女は自分ではなかったと安心したかった。だが、現実には間違いなく自分なのだ――無防備に男の腕に抱かれ、セクシーな魔法をかけられて、それまでの自分の主義をことごとく捨てたこの女が。

6

「笑って！」ポリーの下唇をラシッドの指先が無理やり引きあげた。

ポリーはさっと顔をそむけた。「なにも笑顔まで作らせなくてもいいでしょう？」ラシッドの腕から逃れ、タオルを体に巻いてベッドに向かう。

シーツの下にもぐりこんだときにはシャワーの水音が聞こえていた。寝具にはラシッドの匂《にお》いがしみついている――刺激的で官能的な匂いが。ポリーは依存症患者のようにその匂いを吸いこみ、そんな自分に気づくと泣きたくなった。だが、日がな一日泣き暮らしていたというベラのことを思いだし、なんとか涙をこらえる。

しばらくするとラシッドがベッドにあがってきて、軽くキスをした。「残念ながら、いつまでもこうしてはいられないんだ。父に仕事の報告をしなければならない。食事も父ととる。なるべく早く戻るよ」

「どうぞごゆっくり。忙しいのはわかっているわ」

ラシッドは低く笑った。「こういうことのためなら時間はいくらでも作れるものだ」

ポリーはかっとして起きあがった。「わたしにも自分の部屋が与えられていいはずだわ。あいている部屋がたくさんあるんだから」

「だが、そうするときみを連れてくるのが面倒だ」ラシッドは身支度をし、装飾用の弓形の短剣をベルトに差すと、金の縁どりがある黒いマントを肩にはおった。室内のぴりぴりした空気にも平然としている。

「あなたなんて大嫌い！」ポリーは鬱積《うっせき》した怒りを突如爆発させた。「あなたのおかげで憎いという感情を生まれて初めて知ったわ！」

「確かにきみの気持ちを考えず強引に抱いたぼくは身勝手だった」ラシッドは彼女をじろりと見て、出ていく前にこう言い添えた。「もうシャワーを浴びても誰も邪魔はしないよ」

部屋を出たとたん、彼はわたしのことなど忘れてしまうのだろう、とポリーは思った。この二週間ずっと忘れていたように。ラシッドはわたしを気軽な情事の相手みたいに扱っている。夫らしい態度などまったく見せない。でも、こうなることは前もって彼自身が警告していたわ。愛もロマンスもわたしたちの結びつきには無関係なのだと念を押していた。そしてわたしはその条件をのんでしまったのよ――目をつぶって何も考えずに。

ラシッドが部屋から出ていくと、ポリーの怒りは索漠とした孤独感に変わった。わたしは悪魔と取引してしまったのだ。売り渡したのは自由だけではない。心の平和もプライドも、すべて失ってしまった。ラシッドはロマンティックな体裁を整えることをばかにしているけれど、ポリーはせめてその体裁だけでも繕ってほしかった。彼がああも徹底して自分に無関心でいられるなんて、とても耐えられなかった。

その晩、ラシッドが戻ってきたのは夜もふけてからで、居間に入ってくる足音にポリーは気づかなかった。彼は猫のように音もなく近づき、ポリーのそばでライトが投げかける光の中にたたずんだ。その顔を見あげた瞬間、ポリーの心臓がまたとどろきだし、息が苦しくなってきた。

「予期せぬ客が来たために、いままでかかってしまった」そうラシッドは言った。

ポリーは肩をすくめた。先刻の感傷的な気分はひえびえとした苦い感情に凍結していた。

「言い訳は結構よ」

ラシッドは彼女をにらんだ。「理由を説明するのは最低の礼儀だと思うがね」

ポリーは顔を赤らめた。書いていた手紙を片づけて立ちあがろうとすると、ラシッドが手で押しとどめて向かいに腰かけた。「ぼくの留守中、きみはどこにも出かけなかったそうだね。車を出すよう命じさえすれば外出できたのに。ここは監獄ではないんだよ。引きこもってばかりでは体に悪い」

ポリーは意地悪く答えた。「車を出すように言えばいいなんて誰も教えてくれなかったし、だいたいどこに行けって言うの？　ジュマニ？　お金も持っていないのに？」

ラシッドの頬がかすかに染まった。「そこまでは考えていなかった。きみが不平を言うのも無理はない」

「不平を言ってるんじゃないわ。事実を述べただけよ」

「やはりニューヨークから電話すればよかった。そうすれば、そのときにこういう話もできたのに」

ポリーはかたい声で言った。「いいのよ。電話が来ないなんて気づいてもいなかったわ」

意外にもラシッドは面白がっているような表情になった。「重大な手抜かりにも気づいてもらえないとは、十分すぎるほどの報いだな」

ポリーは思わず微笑を返しそうになって内心うろたえた。ラシッドの最大の魅力は、彼自身がその魅力に気づいていないところにあるようだ。アシフの魅力はうぬぼれにまみれた計算ずくの作り物だが、ラシッドの謹厳さの陰に隠されたエネルギッシュな生気は、冬の日の焚《た》き火のようにポリーを引きつける。

「明日、一緒にジュマニへ行こう。ジュマニには家具屋がある」ラシッドは薄暗い室内を見まわした。ここはポリーがひねくれた気持ちから自分のくつろぎの場に決めた部屋だった。「この部屋はいままで使ってなかったんだ」

その穏やかな態度からは、荒々しくポリーを抱いたときの情熱はまったくうかがわれない。奇妙な戦慄《せんりつ》に襲われ、ポリーははじかれたように立ちあがった。「わたしはもう寝るわ」

ラシッドはなんとも測りがたい表情で彼女を見た。「ああ、眠かったら寝るといい。ぼくにはまだ仕事がある」

ドアのところで、ポリーはちらりと振り返った。窓辺で一人たたずむラシッドは孤高の雰囲気に包まれていた。彼にわたしは必要ないのだ。わたしだけでなく、誰も必要としていない。それなのにその姿には胸を突かれる思いがした。

ポリーは寝つけなかった。夜中の一時になってもラシッドの仕事はまだ終わらないようだった。飛行機の中で寝てきたとしても、時差は体にこたえるはずだ。ポリーは枕《まくら》に頭をうずめてまるくなった。

家具か、と心の中でつぶやく。ラシッドは好きなように家の模様がえをさせればわたしがおとなしくいまの立場に甘んじると思っているの？ それぐらいのことでわたしがこの運命を受けいれると？

夜明け近くになって、ポリーは自分が枕でなく彼の腕に顔をうずめていることに気がついた。幅が二メートルもあるベッドでは、その行為に言い訳の余地はなかった。ラシッドから離れようとすると、彼はアラビア語で何かつぶやきながらのしかかってキスしてきた。

次に気づいたときには、ラシッドはすっかり身支度を終え、ベッドのそばを歩きまわっていた。ポリーはどきりとして尋ねた。「いま何時？」

「もうすぐ六時半だ」

「まだそんな時間なの?」ほっとして再び目を閉じる。

「一日のうちで一番涼しい時間帯だ。朝はいつも馬に乗るんだ。きみもおいで。ここでは乗馬は欠かすことのできない娯楽だ。厩舎《きゅうしゃ》はもう見たかい?」

ポリーは彼と目をあわせたくなかった。目をあわせれば、甘い記憶がいやおうなくよみがえってくる。「わたし、乗馬は得意じゃないの」

「得意じゃなくても大丈夫だよ」

「それに、そんな気分でもないのよ。一人で行ってらっしゃい」

「きみはぼくとの関係を難しい方向にばかり持っていこうとするんだな」ラシッドはため息まじりに言った。「自分で子供っぽいとは思わないか?」

「あなたの言いなりにならないと、いつも子供っぽいってことにされちゃうのね」ポリーはベッドにもぐりこんだまま、彼の背中に辛辣《しんらつ》に言い返した。

だが、しばし寝返りを打ってから、ポリーはやおら起きあがった。二人の間の溝をこれ以上深めても仕方がない。二十分後に息を切らしてドーム形のポーチまで出ていくと、ラシッドが見事な黒い馬の鞍《くら》にひらりとまたがったところだった。さっきの誘いは儀礼的なものにすぎなかったのかもしれないし、冷たくあしらわれるのを恐れてポリーは声をかけられなかった。

「じつに妻らしいね!」

驚いて振り返ると、アシフがにっこり笑っていた。「ラシッドの乗馬にきみも付きあうのかい?」

ポリーは顔を赤らめた。「いいえ」

「ラシッドは一人で乗るほうが好きなんだよね。だが、きみが来たからには彼も変わるだろう」

「わたし、乗馬は得意じゃないの。わたしが一緒じゃ足手まといになってしまうわ」

アシフは帽子をとるまねをしてうやうやしく頭をさげた。「ぼくだったら足手まといだなんて思わないよ」それからポリーのこわばった笑顔を見て、ため息をついた。「そう、きみが考えているとおり、ぼくは確かに軽薄だ。だけど軽薄にならざるを得ないときだってあるんだよ」そう言うと、ラシッドが門の外へと馬を駆るのを暗い顔で見送る。「ぼくはラシッドにはとうていかなわないからね」

「ラシッドに対抗意識を抱いているの?」

アシフはポリーから目をそらしたままだ。「少年時代にラシッドは三カ月かけて鷹《たか》を飼い慣らした。鋭い鉤爪《かぎづめ》で引っかかれるのも構わずに。父はとても誇らしげだった。父にしてみれば、その種の行為が少年と一人前の男の分かれ目なんだよ。ぼくはいまだにだめだ。だが、それでもラシッドを嫌いにはなれないんだよ」ポリーに向かって苦笑してみせる。

「家族のためなら、ラシッドはどんな犠牲を払うこともいとわないんだ——ぼくみたいな不出来な弟のためでもね」アシフはドアを開けながら言った。

彼が居心地悪そうにしているのはなぜかしら、とポリーは思った。シャサがわたしに悩みを打ちあけたのではないかと心配しているの？　シャサは夫婦の秘密を他人にぶちまけるような人ではないのに。

二階に戻ると、ポリーはラシッドの書斎にふらりと入った。床から天井まで、数カ国語の本がぎっしり並んださまはまるで図書館のようだった。詩集はベラが集めたものだろうか？　そのほかの家具調度はずいぶん地味だ。電話とパソコンをのぞいたら、中世の部屋みたい。それはほかの部屋も同じで、近代化されているのは浴室とキッチンだけだ。アシフとシャサが暮らす翼にはブランドものの家具があふれているけれども。

ポリーは机の前の椅子の背をものうげに手でなぞった。わたしの気持ちや望みをラシッドは少しでも考えたことがあるのかしら？　終わりが見えている生活をどうして始められるの？　でも、実際わたしは始めてしまった。もう現実を否定しても仕方がない。わたしは彼の体に溺《おぼ》れているのだ。彼が同じ部屋に入ってきただけで全身の細胞が騒ぎだす。どんなにプライドを傷つけられ、どんなに怒りをかきたてられても、ラシッドの魅力には抗《あらが》えない。彼が次の旅に出るまでどのくらい一緒に過ごせるのかと、いまから気をもんでいる。これで、もし彼を愛するようになったら、いったいどうなってしまうのかしら？

そこまで考えて、ポリーはそのばかげた不安をいらだたしげに追いやった。クリスのときにも、つまらない物思いでどれほどの時間を無駄にしたかしら。もう自分の想像や感情に振りまわされるのはたくさんだった。

その朝の食卓では、ポリーはずっと新聞に目を落としていた。ラシッドもほとんど口をきかなかった。

食事のあとはエアコン付きのリムジンが二人を宮殿から連れだした。広い通りを走っている途中、ポリーは完成間近の堂々たる建物に気づいてあれは何かと問いかけた。

「新しい病院だ。数週間後に開業する」

「中を見学してみたいわ。でも、どうせだめでしょうね。あなたの妻が知性で動いているのを世間に知られるのはまずいんでしょうから」

「いまのきみが知性で動いているとは思えないが、見学したいなら手配してみよう」

車がなだらかな丘を越えてジュマニの街に入ると、ポリーはにわかに明るい気持ちになり、熱心に街並みを眺めた。現代的な高層建築がウェディングケーキのようなモスクと妍《けん》を競っている。ところどころに緑地が広がり、ショーウィンドーにはさまざまな商品が並んでいる。

「ひさびさに見る文明の地はどうだい？」ラシッドが言った。

「すてきだわ。あれはショッピングセンター？」

「そうだ。ジュマニにはショッピングセンターがいくつかある」

そう答え、ラシッドはゆったりとほほえんだ。そのほほえみはこれまで見せた笑みとはまるで違っていた。雨のあとの日ざしのように、温かくまぶしかった。冷笑や苦笑でもなければ、儀礼的な微笑でもない、うっとりするような本物の笑顔だ。

その日は楽しくもめまぐるしく時間が過ぎた。店をまわって過剰なほどの歓迎を受け、ふと気づくと声をあげて笑っていた。ラシッドといてこんなにリラックスできたのは初めてだった。昼食は豪華なホテルの個室でとった。ダレインの男が妻とレストランに行くときには、必ず個室を利用するのだ。個室にもウェイターは出いりするから、ラシッドはあまり落ち着かないようだったが、それでも彼としては新境地を開拓しているつもりなのだろう。ポリーもあの魅惑的な笑顔をもう一度見るためなら、どんなことでも我慢する気になっていた。

その日帰宅して二人で夕食を終えたころ、ラシッドの秘書メディールが、大事な電話がかかっていると申し訳なさそうに言ってきた。一人になったポリーは宮殿の庭園を散歩することにした。高い塀の内側で、夾竹桃《きょうちくとう》の花が甘い香りを漂わせていた。だが、宮殿に戻ろうとゆっくり歩いているとき、行く手に黒い人影が出てきて彼女をぎょっとさせた。

「もう！」どきどきする胸に手をあて、なじるようにラシッドを見あげる。「少しは足音をたてたらどうなの？　びっくりするじゃないの。庭にいるのは自分一人だと思っていたんだから」

「きみは一人ではないよ。外に出てからはセイフとラウールが何歩か後ろをずっとついてまわってる」

彼がさし示すほうを見ると、塀のそばに確かに二つの人影があった。ラシッドのボディガードだ。

「なぜ彼らがわたしのあとをつけているの？」

「護衛のためだよ」

こんなに高い塀があるのだから護衛の必要はないのではないかと言い返そうとしたとき、上のバルコニーから激しく言い争う声が聞こえた。

「もう中に入ろう」ラシッドが言った。

「どこの夫婦も喧嘩《けんか》ぐらいするわ」ポリーはとり繕うように言った。

「彼らの場合は多すぎる」

「シャサを責めてるわけではないわよね？　彼女はいい人よ」

「きみは事情を知らないんだ」

「だったら教えてよ」

「きみはかかわらないほうがいい」長い沈黙の末にラシッドはようやく言った。「これは警告だ」

家族の一員として認めてもらいたいという願いを打ち砕かれたような気がし、ポリーは闇《やみ》の中で顔を紅潮させた。べつに干渉するつもりはないし、下世話な好奇心に駆られたわけでもない。ラシッドが心配しているのを察し、とっさにその心配事を分かちあいたいと思っただけなのだ。

「妊娠中は体調も不安定なんだろう。短気になるのも無理はない」ラシッドはよどみなく続けた。

ごまかしているのだ、とポリーは思った。本当はそれだけではないはずだ。アシフも妻をおいて一人で出歩くのは勝手すぎはしないだろうか？　そう考えながらラシッドに肩を抱かれて中に入ったとき、ポリーは突然とんでもないことに気づいてその場に立ちすくんだ。

もしわたしが妊娠したら、いったいどうなるのだろう？　すでにその危険はある。考えてみたら、子供ができた場合のことはいままで一度も話題にのぼらなかった。ラシッドはわたしが避妊の措置をとっていると思いこんでいるのかしら？

「どうした？」ラシッドがちらりと彼女を見た。

「いま急に考えついたことがあるの」自分にも理解できない憤りが胸を焦がしはじめた。「あなたはあらゆる点でわたしよりも先を見ているのかもしれないけど、一つだけ例外があるわ。わたしが妊娠したら、この期限付きの結婚生活はどうなるの？」震える声で詰問する。「それとも、そうなったときのこともすでに計算ずみだってこと？　邪魔な妻を抜きにして跡継ぎだけ手にいれるための不埒《ふらち》な計画を練ってあるとか？」

ラシッドの青ざめた顔を頭上の明かりが無慈悲に照らしだした。目に危険な光をたたえつつ、ひっそりした声音で言う。「そんな心配は無用だ。ぼくには女性に子供を授ける能力がないんだ。ぼくとの結婚生活できみが妊娠する可能性はゼロなんだよ」

衝撃が波となって襲いかかり、ポリーは階段の手すりをぎゅっと握りしめた。頭の中が真っ白になっていた。予想もしなかった答えに二の句がつげない。

「びっくりさせてすまなかったね」黒いまつげの下の目がポリーの心の動きを正しく読みとった。「しかし、ぼくも不意をつかれてしまったんでね」

ポリーは茫然《ぼうぜん》としたまま階段をのぼった。微妙な問題にずかずかと土足で踏みこんでしまったことが悔やまれてならない。うかつなことに、子供を作れないのはベラのほうだと思いこんでいたのだ。なんの根拠もなしに。

部屋に入るとラシッドは窓のそばにたたずみ、ポリーの揺らぎがちな視線をひるむことなく受けとめた。「こういうことは結婚前に言うべきだったんだろうが、この結婚はぼく自身が望んだものではなかったし、長続きするとも思えなかったからね。だが、なぜかきみには話したくなっていた。ニューヨークに行く前にね」彼は淡々と続けた。「しかし、あの晩きみは早々と寝てしまったし、昨日帰ってきたときにはもうきみも知っているだろうと思ったんだ」

子供を作れない夫と子供がほしくてたまらない妻との生活はいかなるものだったのかを考えると、ポリーは慄然とした。「知らなかったわ」

「そのようだな。きっと責任はベラにあると思っていたんだろう。でも違うよ。ベラではなくぼくに欠陥があるんだ。だが、その現実を気に病むのはとうの昔にやめている。これもアラーの思し召し《インシャーラー》だ」

その、ものうげな声が一瞬かすかに震えた。彼の自尊心が否定している悲しみが、ブルーの目に表れていた。できるものならポリーは時間を巻き戻して何も知らないままでいたかった。いたわりの気持ちがわきあがり、続いてなんとも名付けようのない熱い感情が胸にあふれた。だが、ラシッドがこれだけ厳しく自制して打ちあけた話に、自分が感情的な反応を示すわけにはいかない。だから顔をあげ、同情心をいっさい排した自然な口調で言った。「わたしたちの間では、そのことはべつに問題にはならないわね。でも、よかったらもう少しベラのことを話してもらえない？　むろん話したくないなら構わないけど」

ラシッドの口もとがこわばった。「彼女に限らず、アラブの妻にとって子供は絶対不可欠のものだ。夫のために息子を産めるかどうかで自分の価値を判断する。ベラは子供のない生活に耐えられなかった。無理もない。彼女の世界は家庭を中心にまわっていたんだから。一番ほしいものを手にいれられず、彼女は当然不幸だった」

「子供ができないとわかったのはいつごろなの？」

「結婚して二年ほどたったころだ。それまでベラは何人かの医者にかかっていたが、ぼくにも一緒に病院に行ってほしいと……。彼女は結果を教えたがらなかった。落胆が大きすぎたんだ。子供のいない結婚生活には意味がないからね」

「あえて子供を作らない夫婦だっているわ」

「アラブ社会にはいない。それに選択の余地があるのと、ないのとでは大違いだ。男にとってそういう欠陥は――」

「そんな言いかたはやめて。欠陥だなんて……」ポリーは思わず言った。

「気を悪くしたなら謝るよ」

「そういう問題じゃないでしょう！」ポリーは涙ぐんだ。ラシッドにこんなことをしゃべらせてしまった自分自身も腹立たしいが、悲しい現実をここまで冷静かつ毅然《きぜん》とした態度で打ちあけている彼にも腹が立つ。だが何より苦しいのは、彼に寄りそいたいという圧倒的なまでの思いだ。その思いがかなえられず、ポリーはしょんぼりと座っているしかない。

「ぼくの弟はまだ結婚したくなかったのにせざるを得なかった。おかげで夫婦ともどもさまざまな代償を支払ってきた。二人が落ち着くには次の世代を産み育てるしかないんだろう……」そのときドアがノックされ、メディールが姿を現した。「失礼」そう断ってラシッドは出ていき、ポリーはようやく張りつめた雰囲気から解放された。

その晩、なかなか寝つけないポリーに、ラシッドが手を伸ばしてきた。求めていたぬくもりを与えられ、ポリーは自ら両手を彼の首に巻きつけた。今夜はなぜかむしょうに彼がほしかった。言葉では表現できない渇きが血を騒がせていた。終わったあと、ラシッドは彼女を抱いたままささやいた。

「あまり優しくできなかったが、痛くなかったかい？」

ポリーは恥じらいながら大丈夫だと答え、深いやすらぎをかみしめた。だが、ラシッドの肩に顔をうずめ、その匂いにひたっていても、眠気はいっこうに訪れなかった。黒い髪に青い目の幼い男の子のイメージが脳裏にひらめき、罪悪感にかられてそれを払いのけた。ラシッドは十年間つらい現実とともに生きてきたのだ。でも、彼を深く愛していたはずの妻が彼の気持ちも考えず、子供ができない悲しみに自分一人溺れていたなんて変ではないかしら。ラシッドをいまだに悲しみの底に引きずりこんだままの愛とはいったいどういうものなのだろう？

怒りと不可解な胸の痛みにさいなまれ、ポリーはとうとうまんじりともしなかった。

あくる朝の食卓では会話はほとんどなかった。ラシッドの厳しい表情は、ゆうべの情熱的な彼とは別人のようだった。彼ののびのびとした温かな一面は寝室を一歩出ると跡形もなくなって、たちまち他人行儀な男に逆戻りしてしまうのだ。自ら身を投げだしたも同然のゆうべの記憶に、ポリーはいまさらながら身のすくむ思いがした。心なしか、今朝のラシッドはまた何千キロも離れたところに行ってしまったような気がする。

落ち着かなくなってポリーが咳払《せきばら》いすると、彼は顔をあげた。ポリーは目をあわさず、なるべく軽い調子で言った。「今日はわたしたち、何をする？」

「あいにくぼくには仕事がある。きみ一人で遊んでくれ」ラシッドは立ちあがった。

ポリーはうなだれた。屈辱的な気分だった。

ラシッドはドアの前で立ちどまった。「シャサを誘ってどこかへ行ってきたらどうだい？　彼女も気晴らしがしたいだろう」

「よけいなアドバイスは結構よ」ポリーはつぶやくように言った。むなしさで心がしめつけられた。この結婚が便宜的なものにすぎないことは最初からわかっていたのだ。ラシッドはわたしがそれを忘れるのではないかと心配しているのかもしれない。彼の洞察力は不気味なくらいだ。観察し、推測する。不用意な発言はめったに聞かれない。

ラシッド自身が致命的欠陥と考えている問題さえなかったら、彼はもっと早くに再婚していたはずだ。彼にふさわしい相手と。妻という立場をわきまえた従順な女と。間違ってもわたしを選びはしなかったはずだ。考えれば考えるほど屈辱的だ。ゆうべの彼の温かさを信じてしまうなんて、なんてばかだったのだろう。ポリーは自己嫌悪に陥った。

その日の午後、新しい家具が届けられた。ポリーがそれを居間でがたがた動かしていると、ラシッドが入ってきた。とたんに心臓が暴れだし、自分をそんなふうにしてしまうラシッドが憎らしくなった。

「なぜ使用人にやらせないんだい？」

ポリーは体を起こし、冷ややかにほほえんだ。「自分でしたいからよ。音がうるさくて、気が散ってしまったかしら？」

「いや、ちょっと話したいことがあったんだ」

ポリーはスツールを持ちあげた。「なんの話？」

ラシッドは彼女をにらんだ。「それをおけよ」

ポリーはことさら慎重にスツールをおろした。

ラシッドはかたい表情で息をついた。「今朝のことを謝りたいんだ。悲しい思いをさせてしまったようだから」

「わたしが悲しんでいるように見える？」ポリーはとげとげしい口調で言い、椅子にどさりと腰かけた。

「きみをおとなしい女だと一度でも思ったことがわれながら信じられないよ」とラシッドは言った。

「おのれを恨まず、罠《わな》を恨む狐《きつね》ね」

「ウィリアム・ブレイクだね」ポリーの驚きの表情を見て、ラシッドは肩をすくめた。

「アラブ人は詩が好きなんだ」

ポリーはうつむいた。

「今朝のぼくは配慮が足りなかった」ラシッドは続けた。

「法の文言には忠実に従わなければならないのにってことね」

「そうじゃない。二人の人間が一緒に暮らさなくてはならないような状況では、双方の妥協が必要だということだ」つまりこれは結婚ではなく、一つの状況にすぎないというわけだ。ポリーは胸をつまらせ、はなをすすった。ラシッドはため息をついてひざまずき、彼女がもみくちゃにしているクッションをそっととりあげた。「きみは混乱している。やはりぼくと結婚したのは間違いだったんだ」

「混乱なんかしてないわ！　他人に泣き顔を見られたくないだけよ！」

　ラシッドの口もとにかすかな微笑がよぎった。「落ち着くまで部屋の外に出ていようか？」

「いいえ、結構」ポリーは乱暴に涙をぬぐった。「ただし、あなたがこの結婚にいかに気乗り薄だったかという話はもう二度と聞きたくないわ。そんなことを言いながら、あなた、よくもわたしを……」顔を赤らめて言いよどむ。

「抱けるものだって？」ラシッドがあとを引きとった。「きみは本当に純真なんだな」

「純真じゃないわ。ずいぶん教育されてきたもの」

　ラシッドはまた吐息をもらした。「ぼくもほかの男と何も変わらず――」

「ご心配なく。あなただけ特別だなんて思ってないわ！」

ラシッドの目にいらだちの光が宿った。「きみはぼくの妻なんだし、ぼくは当然の権利として――」

「わたしを慰みものにしていいんだってこと?」ポリーは鋭くさえぎった。

ラシッドは彼女の震える下唇に人さし指を押しあてた。「きみに傷ついてほしくないからあえて言うんだが、考え違いをしてはいけないよ……」再び立ちあがり、いつになくためらいがちに続ける。「自分がぼくに……愛着を感じはじめているなんて」

ポリーは身じろぎもしなかった。

「そういう勘違いは双方を不幸にする。ぼくはその種の感情にはこたえてやれないんだ。さあ、言うべきことは言った。もう好きなだけ怒っていいよ」

ポリーはかっとなった。「わたしがあなたに愛着を感じる?」彼がその表現を使ったのはたまたまなのか、それとも無意識のうちになんらかの意図が働いてのことだろうか?

「いったいどういうところに愛着を感じられるっていうの? わたしは――」

「それならいいんだ。ただ、女性は初めての男に対する感情を混同しやすいものだからね」

ポリーは勢いよく立ちあがった。「そんなふうにあなたへの感情を吐きだすよう、そそのかさないほうがいいわよ、ラシッド。うぬぼれをたたきつぶされたくなかったらね!」

「肉体的な快楽は愛がなくても成立するんだ」

「モラルの厳しいダレインに来て、夫にフリーセックスを説かれるとはね！」ポリーは嘲《あざけ》った。

ラシッドの顔が赤くなった。「ぼくが言いたいのは、互いに理解し尊重しあっていれば夫婦がセックスを楽しんでも恥じることはないって意味だ」

ポリーは震えながら頭をそらした。「わたしもよそに愛人でも作れば、あなたの信念の正しさが身にしみてわかるのかもしれないわね」

ラシッドの目がきらりと光った。「ダレインでは姦通《かんつう》はいまも死罪とされている」ブルーの目に燃える憤怒《ふんぬ》の激しさはポリーも青ざめるほどだった。「だが、もしきみの貞操を疑う根拠が出てきたら、その時点できみをこの暮らしから解放するよ」そこで彼は深々と息をついた。「ぼくにはまだきみの冗談を解することができないようだ。しかし、いまのような挑発的発言にはどんな男だって腹を立てる」

ポリーの膝ががくがくと震えだした。「ちょっと失礼」そうつぶやくと、彼女は胃が引っくり返る前にその場から逃げだした。

幸い、寝室のバルコニーに出て深呼吸を繰り返すと、むかつきはおさまった。だが、肩に手をかけられたときにはびっくりして飛びあがりそうになった。

「ほかの男のことを口にする癖は早く直すべきだな。きみはもうよそ見をしていい立場ではないんだ」

その点に関しては一点のやましさもないことにポリーは心のどこかでほっとした。「さっき言ったことは本当なの？」

「ダレインでは離婚は簡単だ。女と子供の権利も法によって保護されている。もうずいぶん前からね」

「まあ……」

「刑罰は厳しくても、犯罪は自由主義諸国よりも少ないんだ。ダレインの女にはレイプされる心配がない。だが、もう喧嘩になりそうな話はよそう。きみと喧嘩はしたくない」ラシッドはポリーの頬にかかったおくれ毛を優しくかきやった。

ポリーはその自信に満ちた手からつんと顔をそむけた。「わたしは一人になりたいの。あなたには仕事があるんでしょう？」

ラシッドは口もとを引きしめた。「明日、例の病院に見学にいきたいかどうかききたかったんだ。手はずは整えた」

ポリーは苦々しい気持ちになった。これも彼の言う妥協の一つなの？　寝室の外でもたまには妻の機嫌をとらなければならないってこと？　わたしを一人の人間として尊重するようなふりをして？

さっきのラシッドの言葉は確かに当を得ている。あのショック療法には感謝すべきなのだろう。この苦しみ、この怒りが、芽生えかけていた愛の断末魔なのだとしたら、もう決して愚かな幻想は抱くまい。

かつてクリスを愛していると思いこんだのは自ら不幸を望んだようなものだった。ラシッドも手に入らないのは同じこと。わたしには苦しみを歓迎するマゾヒスティックな一面があるのだろうか？　だとしてもこれからはもう絶対にごめんだ。

7

リムジンが宮殿の門を抜けて中庭でとまると、ポリーは一つ深呼吸して車からおりた。ゼノビアが心配そうな顔で駆けよってくる。

「遅かったじゃありませんか。ラシッド殿下は妃殿下がお出かけになった直後に戻られたんですよ」

わざとそのタイミングで出かけたポリーは思わず赤面し、午前中いっぱいかけてジュマニで買ってきた、ただ一つの包みをゼノビアに手渡した。ポリーとラシッドとの間では、あれから無言の消耗戦が三週間も続き、彼が石油輸出国機構《オペック》の会議のためにジュネーブに行っていたこの五日間は、すり切れかかっていた神経を休めるための格好の機会になった。だが、ついにラシッドが帰ってきたのだ。

彼がたつまでの三週間、ポリーはできるだけ彼を避けていた。避けられないときも、あくまでよそよそしい態度を崩さなかった。妻の生活の中軸は夫たる自分でなければならないと考える封建的な男にとって、それは侮辱以外の何ものでもないはずだった。だが、ポリーには彼の思いどおりになる気はなかった。ラシッドが理想と現実は一致しないことに気づいたとしても、それは彼の問題であって、ポリーには関係ない。

「ラシッド殿下は妃殿下がお留守なのを心配なさっていましたわ」ゼノビアが不安げに言った。

ポリーの目が強い光を放った。ラシッドは不愉快な思いをさせられたからといって怒りでおかしくなったりしないだろう。出発前と同様、他人行儀な超然とした態度で接してくるに違いない。だが、ポリーは暗い気分になった。ラシッドをそっけなくあしらった報いは、いつも日が沈んでから千倍にもなって返ってくるのだ。ラシッドは恐るべきテクニックで彼女の昼間の不遜《ふそん》さを容赦なく罰した。彼のキスに胸が高鳴りだすと、もうなすすべはない。昼間はのらりくらりと彼を避けても、夜は彼の誘惑から逃れられないのだ。

ポリーが部屋に入り、観葉植物に水をやっていると、ラシッドが現れた。

「あら、お帰りなさい」目もあわせずにポリーは言った。だが彼の存在を意識しただけで、いつものように体の力が抜けていく。

近づいてくる足音は聞こえなかった。気がついたらじょうろをもぎとられ、足が床から離れていた。ラシッドはしゃにむに唇を重ねあわせ、彼女の体に稲妻を走らせた。

「ただいま、ポリー」嘲《あざけ》るような口調だ。

めまいを覚えながらポリーは叫んだ。「おろしてよ！」

「昨日きみが電話の途中で受話器をおろしたようにかい？」

彼の怒りの表情にポリーは一瞬虚をつかれた。「あのときはお風呂に入るところだったのよ。あなたにもそう言ったでしょう！」ラシッドの腕を振りほどこうと、もがきながら言い返す。

ラシッドはポリーをかかえあげたまま寝室のドアを蹴《け》り開けた。「つまり、ぼくより風呂を優先したわけだ」彼女の体をベッドに無造作にほうりだす。

その仕打ちにポリーはグリーンの目を光らせた。「いまわたしにさわったら一生許さないわよ！」

ラシッドは片手でドアを閉め、彼女に向き直った。「恐れいったな」こばかにしたように言う。「次にぼくが帰ってくるときには必ず家で待っていろ」

「ドアの陰で煉瓦《れんが》を振りかざして待ち構えているかもしれないわよ！」

「それに〝あら、お帰りなさい〟とはなんだ」ラシッドはポリーの声色をまねて言い、金のひも《アガール》を頭からむしりとると彼女をにらみつけた。「ひさしぶりに夫を迎えるのに、あんなあいさつがあるか。すねるのもいいかげんにしろ！」

「すねてなんかいないわ！」

追いつめた獲物に忍びよる猫のようにベッドに近づいてくると、ラシッドは服を脱ぎはじめた。「この家の主人はぼくだ」

「やめて！」彼が不意に作戦を変えたことに動転し、ポリーは声を張りあげた。

ラシッドはベッドにあがって彼女を引きよせた。「こう言えば満足なのかい？　きみのいない夜は寂しかったと。ほら、肌が触れあってきみの体も喜んでいる。きみもぼくが恋しかったんだな」

「まさか。牛が空を飛んだりする？」

ラシッドはだしぬけに笑いだし、重なりあっている体の振動がいやおうなく男の肉体を意識させた。「ポリー、きみはぼくを笑わせる天才だよ！」

ポリーの目に涙がにじんだ。「やめて」もうプライドも捨てて哀願する。

ラシッドは彼女の耳に口を寄せた。「きみもぼくがほしいんだ。それはちっとも恥ずかしいことじゃない。この五日間、ぼくはこうしてきみと喜びを分かちあうときのことをずっと考えていたんだ」

いまはいま、明日は明日だ。そういうずるい哲学が絶望感を押しのけ、自分で恐れていたとおり、ポリーはとうとう屈服した。無為に過ぎた五日間は、夜があまりに長すぎたのだから。

「牛も空を飛ぶようだね」情熱を燃やしつくしてしまうと、ラシッドはからかうようにポリーを見た。

飛んだどころか衛星軌道に乗ってしまった、と思いながら、ポリーは彼から体を離そうとした。「自由の身になったら、タブロイド紙にねたを売って大もうけしてやるわ。記事の見出しは〝わたしはアラブの性の奴隷だった!〟」

ラシッドは彼女を放すまいと腕を伸ばし、上気した頬に笑いながらキスをした。「それは裸で通りを歩くようなものだな」

「本気にしないのね」

「ユーモア感覚があるからね」たくましい腕でポリーを自分のほうに向かせ、言葉をつぐ。「前にも言っただろう? 行儀よくしなさいって」

「わたしは子供じゃないわ」

「隠れんぼをするのは子供だけだ」

「隠れんぼをするのは見つけてほしいからだわ」そうポリーは切り返した。「でも、わたしの場合はただあなたのそばにいたくないだけ。気がすんだなら、わたしはもう起きるわ」

ラシッドは彼女の二の腕をつかんだ。「話を聞くんだ、ポリー。あんなに避けられてばかりで、ぼくがいつまでも黙っていると思うのか? アシフがつまらないことを言いふらしているんだぞ」

ポリーは顔をほてらせた。自分のふるまいがラシッドに恥をかかせることになるとは思ってもいなかったのだ。自分が生き残ることに必死で、好奇の目や耳にまったく気づかなかった。

「自分の女房も操縦できないのかと父にきかれるのをぼくが喜んでいると思うか？　父は面白がっているが、ぼくは不愉快だ。これ以上ぼくを困らせたら、思い知らせてやるからな」

ポリーの顔が引きつった。「妻に暴力をふるうなんて――」

「真の男は女に道理をわからせるのに暴力をふるう必要はない。きみを捕まえて言うことを聞かせなければならないのは、きみが現実から逃げてばかりだからだ。ぼくの妻でいる限りはそれらしくふるまってもらおう。今後はもう二度と同じ過ちをおかさないと信じているからな」

「どうしてそんなふうに信じられるのかしらね！」

ラシッドは余裕たっぷりに笑ってみせた。「昼間避けつづけた相手に夜は抱かれる生活なんて、きみにとっても落ち着かないだろう？　ぼくがきみとどういう関係を築こうとしているのか、きみにもうわかっているはずだ」

「あなたはどんな関係も築きたくないのよ。ただセックスの相手がほしいだけだわ！」

ラシッドはポリーの体を自分の上に引っぱりあげた。「だとしたらこれから関係を築いていくべきだな。いままではいけにえをベッドに連れていくだけだったからね」

「もう放して！　わたしは起きたいのよ！」

「自分に嘘《うそ》をつくのはいいが、ぼくに嘘は通用しないよ」

ポリーはもがいた。「嘘じゃないわ！」

ラシッドは造作なく体勢をいれかえて彼女にのしかかり、乱れたブロンドを褐色の手でものうげにすいた。「頑固さにかけてはきみもぼくに負けてないが、忍耐力はまだまだだね。それに自制心も。ぼくがきみをベッドに連れてこなかったら、きみはどうなっていたかな？」

痛いところを突かれ、ポリーは傷ついた。彼の軽いキスにさえ敏感に反応してしまう現実は弁解の余地がなかった。「あなたは……くずだわ！」

ラシッドの目が冷たくなった。「崇拝されるのも退屈だが、妻の口からそういう言葉を聞くのも不愉快だ」

嘘つき！　ベラには退屈しなかったくせに。彼女の思い出がせつなすぎて、環境を変えずにはいられなかったくせに。ベラは彼の心の奥底にいまも根強く住みついているのだ。アラブの皇太子が妻に期待するものをすべて備えていたから。ベラの愛は受けいれられ、報われていたのだ。ポリーの胸は嫉妬《しっと》に引き裂かれた。「わたしは間違っても崇拝なんかしないわ！」

ラシッドはあっさり抱擁を解いてベッドからおり、とまどうポリーににやりと笑いかけた。「だが、ほかのことはしてもらうよ。さあ、きみの望みをかなえてやろう。一人になりたいんだろう？　しかし、本心からの望みがかなったわりにうれしそうに見えないのはどうしてなのかな？」

　ポリーの顔から血の気が引き、突然脈が速くなった。わたしの本心からの望み……。ああ、どうしよう！　不意に悟って、心の中で叫ぶ。わたしががむしゃらに抵抗していた対象は狂おしい飢餓感をかきたてるたくましい体だけではなかったのだ。体以外にも彼の明晰《めいせき》な頭脳、研ぎすまされたユーモア感覚、それに……。数えあげたらきりがない。わたしはまるごと彼を愛しているんだわ。どうしようもないくらいに。理屈など関係ない。愛とは自分では制御できないものなのだ。

「ぼくがほしいと正直に言えば、またベッドに戻ってこよう」

　ポリーは力なく彼を見あげた。ああ、どうしてこの男でなければならないの？　自分がわたしに及ぼす性的パワーを十分心得た、この厚かましい異教徒。彼の危険な磁力を最初に見抜けなかったわたしはなんてうかつだったんだろう。

　ラシッドは愉快そうに自信満々の微笑をうかべた。「今日、明日のことではないかもしれないが、きみはいずれぼくがほしいと認めるようになるんだ」

「何年先のことになるかしらね！」ポリーはいつもの癖でぴしゃりと言い返したが、彼が出ていってしまうと深い悲しみに沈んだ。

ラシッドはおのれの旺盛《おうせい》な欲望を満たせれば、相手はポリーでなくても構わないのだ。心のつながりなんかどうでもいい。関係を築きたいなどというせりふも、わたしをひざまずかせて理想の妻に仕立てるためのきれいごとにすぎない。

十日前から中庭に莫大《ばくだい》な費用をかけてプールを造らせているのも単なる見せかけに決まっている。だいたいわたしはプールを造ってくれなんて頼んでないでしょう？　だから工事をやっていることにも気づかないふりを押し通してきたのだ。だけど、もうこれ以上はラシッドに抵抗したくなくなっている。それでいて自分の思いを知られるのは恐ろしいのだ。

夜中に鳴りだした電話のベルに、ポリーは浅い眠りを破られてぶつぶつと文句を言った。ラシッドへの深夜の電話は決して珍しくないけれど、〝いま電話を切りかえる〟という彼の応答が英語だったのはなぜかしら？　そういぶかりながら、ポリーは再び眠りに落ちていった。

ラシッドに揺り起こされたときにはまだ暗かった。彼はすでに服を着て、厳しい表情をうかべていた。「気をしっかり持って聞きたまえ。悪いニュースだ。きみのお父さんが心臓発作で病院にかつぎこまれた。いま集中治療を受けている」

「そんな！」ポリーは愕然《がくぜん》とした。あのエネルギッシュで陽気な父が生死の境をさまよっている？

「服を着たらすぐにイギリスにたとう。きみの荷物もゼノビアがまとめてあるし、手はずはすべて整えてある。きみをぎりぎりまで寝かせてあげたかったんでね」

ポリーはあえぐような声をもらした。「あの電話……わたしにだったのね！　母から……」

ラシッドはため息をついた。「アンセアではなく、家政婦のミセス・キングがかけてきたんだ。妹さんのマギーともちょっと話したよ。きみの母親はショックで倒れ、鎮静剤を打たれて寝ているそうだ。みんなきみを必要としている」

母まで倒れた――確かに母なら倒れるだろう。父にべったり依存していたのだから。

「妹たちのためにもきみがしっかりしなければいけない。大丈夫、きみのお父さんはまだ死んだわけではないんだ。希望を捨てるな」ラシッドは言った。

二人が乗った飛行機は灰色に濡《ぬ》れそぼった夕方のロンドンに着陸した。待っていた車で百キロあまり離れた地元の病院に駆けつけたが、医師はまた発作を起こす危険性がある、と説明した。眠っている父の顔はやつれて蒼白《そうはく》だった。ポリーがわっと泣きだすと、ラシッドは肩を抱いてくれた。彼は冷静で頼もしかった。感情はわきにおいて、現実的な問題を検討するのが彼の習い性になっているようだった。

実家に着くとマギーが飛びだしてきて、ポリーに抱きついた。家の中は大混乱に陥っていた。「ピーターおじさんとジャニスおばさんはなぜ肝心なときに来てくれないの？」マギーが泣きながら言った。「ママはパパが死ぬと思ってるわ！」

ポリーもクリスの両親がいないのを残念に思った。国内にいたら母の力になってくれるだろうに、二人はいま商用で南米に行っていた。

それから何日かは、ばたばたと過ぎた。母はおろおろするばかりで役に立たず、ポリーが弟や妹の世話をしなければならなかった。父を見舞ったあとの母は決まって不安にとりつかれ、母のヒステリーをなだめるのはラシッドの役目になった。ポリーは内心恥ずかしかった。ラシッドは心の中で母を自己中心的な役立たずと見ているに違いなかった。

父の容態が峠を越したようだと知らされた同じ日、ペルシャ湾でダレインのタンカーが攻撃されたとラシッドに連絡があった。ポリーが子供部屋でティモシーを膝に抱き、エレインに本を読んでやっているとき、ラシッドがそのニュースを伝えにきた。

ティモシーをマギーに任せ、彼女はラシッドのあとから部屋を出た。「犠牲者は何人ぐらいなの？」

「まだわからない。負傷者はヘリで近くの病院に搬送されている。ぼくも向こうに帰らなくては」

「もちろんだわ」そうポリーは言ったが、ラシッドと離れ離れになるのは寂しく心細い。ティモシーの泣き声が聞こえ、マギーがティモシーを抱いて飛びだしてきた。「わたしじゃ面倒見きれないわ。この子は姉さんがいいのよ」

ティモシーはポリーの首にむっちりした両手をまわすと、たちまちおとなしくなった。その頭越しに、ポリーはラシッドのかたい横顔を見つめた。彼のここまで引きつった顔を見るのは初めてだった。

「しばらく戻ってこられないかもしれない」うつろな声でラシッドは言った。「出る前にきみの母上にあいさつしてくる」

ポリーは重い心をかかえてラシッドのために荷造りをした。それを終えて廊下に出たとき、ラシッドも母の部屋から出てきた。

「もう出なくては」

離れがたい思いに引きずられてそばまで行くと、ラシッドは冷ややかな目を向けた。

「電話するよ」

「寂しくなるわ」ポリーはやっとの思いで言った。

ラシッドの眉があがった。「やることがたくさんあって、寂しがる暇はないだろうよ」

結局それだけだった。ラシッドは玄関を出て車に乗りこんだ。ポリーに触れもしなければ、振り返りもしなかった。しばらく会えなくなるというのに、使用人に対するのと変わらない淡々とした態度だった。ダレインをたってからはキスさえしていない。ポリーのほうも忙しくてそんな余裕はなかったのだが、それでも一度や二度は愛する男との触れあいにやすらぎを求めたくなったものだ——だが、シングルベッドが二台おかれた寝室では、どう誘いかけたらいいのかわからなかった。だいたいこの家では二人きりで過ごせる時間があまりに少なかった。ポリーは不安がる子供たちの相手をすることが多かったのだが、ラシッドはそばに来ようとはしなかった。いま思うと、こちらに着いてから彼はずっと自分を避けていたような気がする。

「ちょっと、ポリー」娘が二つめのスコーンに手を伸ばすのを見て、アンセアが言った。「そんなに食べたら太るわよ」

ジャニス・ジェフリーズの同情的な視線を感じ、ポリーは顔を赤らめた。「でも、体重は減っているのよ」

「よく言うわ。ブラウスが、はち切れそうじゃないの」アンセアはそれから不意に表情を変えた。「わたしの場合も最初の徴候はそれだったわ。ねえ、ポリー。あなた妊娠したんじゃない？」

ポリーは凍りついたように皿を見つめた。「違うわ、妊娠なんかしてないわ」

「だったら甘いものは控えたほうがいいわよ」アンセアはがっかりしたように冷たく言った。

週末をここで過ごして今日帰ることになっているジャニスが、巧みに話題を変えた。

「あなたは木曜にたつそうね、ポリー」

アンセアが鼻を鳴らした。「みんなわたしを見捨てていくんだわ」

クリスの母親は笑い声をあげた。「火曜にはアーネストが退院してくるじゃない。ポリーだってだんなさまに会いたいはずよ。ここに来てもうじき一カ月になるんだもの」

アンセアは眉をひそめた。「あら、そんなになるかしら?」

おしゃべりを続ける二人を残し、ポリーは外に散歩に出た。二週間後にクリスマスを控え、外はひどく寒かった。ここの危機はすでに去った。だが、ポリーの私生活には危機が忍びよっている。この五日間ラシッドからの連絡がとだえていた。早く帰ってこいと言ってもこない。それでついに自分から帰ることにしたのだ。ラシッドの前に出ていってこう言うつもりだ――ねえ、忘れないでよ、わたしはあなたの妻なのよ!

顔がゆがんだかと思うと、不意に涙がこぼれだした。結局ラシッドが言ったとおりになりつつあるのだ。彼の気持ちは冷めてしまった。まだ離婚を考えてはいないかもしれないが、早く呼び戻そうとも思ってないのだ。すると、そのとき背後で足音がし、ポリーは身をかたくした。

「おふくろたちはまだしゃべり足りないようだから、もう少し待ってやろうかと思ってね」クリスが近づき、ポリーがそむけた顔をのぞきこんだ。「おい、どうしたんだい?」

ポリーは一人にしてくれるよう願いながら無言で首をふった。クリスの両親が南米から帰ってくる前に二度ほどレディブライトを訪ねてくれたとき、クリスは探るような目を向けながら会話をプライベートな方向に持っていこうとしたものだった。だが、ポリーはラシッドとの問題を打ちあける気にはなれなかった。

「結婚生活がうまくいってないんだろう?」クリスはずばりと尋ねた。

ポリーは嗚咽《おえつ》をもらし、クリスに背を向けようとしたが、彼の腕に抱きよせられて哀願するように言った。「優しくしないで、クリス。よけいみじめになるだけだから」

クリスの腕に不自然なくらい力がこめられた。「無理して彼のもとに戻ることはないんだよ」

ポリーはびっくりした。「わたしは戻りたいわ」

「無理することはない」クリスは真剣な目で彼女を見つめた。「ポリー、ぼくは――」

「べつに無理しているわけじゃないわ」ポリーはクリスを押しのけようと両手を突っぱった。彼の決然とした表情に気づいたときには遅かった。唇にキスをされ、ポリーはぎょっとしてのけぞった。「やめて、クリス!」

クリスはわれに返ってうろたえた。「ごめん。つい……」

ハイヒールを履いていたので、ポリーには彼の背後が肩越しに見えた。百メートルほど先、家の裏口に近い木立の下に男が立っていた。ポリーははっとして目をしばたたいた。ラシッドはすでに向こうへ歩きだしていた。

クリスの手を振りほどき、ポリーは芝生の上を駆けていった。息を荒らげながら私道に出ると、シルバーのリムジンがまだとまっていた。後部座席のドアの横にスーツ姿のラシッドがひっそりたたずんでいる。

「きみとは離婚する」落ち着きはらった口調だった。その冷え冷えとしたまなざしに釈明の言葉を封じられ、近づこうとすると空を切り裂くような片手の動きで制止された。「ダレインにはもう戻ってこなくていい。きみとは二度と会わない」

ポリーが予期していたような怒りに満ちた激越な非難はなかった。問答無用であっさり離婚を宣告され、ポリーは絶句した。彼女が衝撃から立ち直る間もなく、ラシッドは車に乗りこんでドアを閉めた。

遠ざかる車を茫然《ぼうぜん》と見送っていると、クリスが追いついてきた。ラシッドは怒りさえ感じなかったのだ、とポリーは心につぶやいた。おそらく彼は自分の見たいものしか見ていなかった。つまり離婚の口実になるものしか。

「ポリー、ごめん」クリスがささやいた。「きみの結婚式のときにとり残されたような気がしたのは事実だけど、迫るつもりはなかったんだ。ただ、きみを抱いていたら……ついむらむらと……」

ポリーはろくに聞いていなかった。ラシッドへの怒りが急激に燃えあがっていた。彼ったらわたしを全然信用していなかったの？　信用も尊重もしていなかったの？　ビクトリア朝時代の処女みたいに、クリスに平手打ちでも食わせればよかったというの？　距離が遠すぎてわからなかったんでしょうけど、わたしは抵抗し、拒絶していたのよ。

「本当に申し訳ない。ぼくのせいだ。これからどうするつもりだい？」クリスが言った。

ポリーは肩をすくめた。「単なる夫婦喧嘩《げんか》よ。気にしないで。どうせ木曜にはあちらに帰るんだし」

「彼が帰ってしまったことはどう繕うんだい？」

「彼はまだ家には入ってなかったんじゃないかしら。車も中からは見えないところにとまっていたし」来ることを予告もせず、裏口に車をつけるなんて、どういうつもりだったのだろう？　きっとわたしの様子をうかがっていたのだ。キス一度で離婚とは。

表の玄関から入っていくと、白ばらのバスケットに囲まれたマギーが立ちあがった。

「この花、三十分前に届けられたの。すごいでしょう？　ラシッドのやることはやっぱりしゃれてるわ」

「ラシッドがこれを？」ポリーは深々と息をついた。泣き崩れずにいられたのは、しょげかえったクリスがそばにいたからだ。クリスを愛していると思いこんでいたなんて、いまでは信じがたい気がする。

「決まってるじゃないの」マギーは姉の青ざめた顔をじっと見つめた。「彼、電話はあまりよこさないけれど、花言葉はちゃんと知ってるのよ！」

「まだ席をお立ちにならないでいただけますか？」ポリーが隣の乗客に肘をぶつけないようアバを着ているときに、乗務員の声がした。

「こちらのレディは……妃殿下ですね？」

ポリーがアバから顔を出すと、セイフとラウールが通路に立っていた。ポリーは驚いて二人をまじまじと見た。ラシッドのボディガードがなぜこの民間機に？　ラシッドはポリーが帰ってくるのを阻止しようとはせず、そこに彼女は一縷《いちる》の望みをたくしていた。宮殿に電話すると、メディールがラシッドは留守だと言ったのだ。三度めの電話で問いただすと、砂漠地帯のジュベル・カディッシュという場所に行っているのだという。ポリーはジュマニの空港に到着する時間を告げて、電話を切ったのだった。

機外に出ると、真昼の熱気が彼女を包みこんだ。「どこに行くの？」ポリーはボディガードに尋ねた。

「飛行機に」

「いまおりたばかりじゃないの！」

返事はない。ポリーの不安はますますつのった。二人のボディガードは、空港の建物の向こう側まで延々と彼女を歩かせた。そこにヘリコプターとフロートなしの水上飛行機を足して二で割ったような小さな航空機がとまっていた。

「わたしは宮殿に帰りたいのよ」ポリーは言った。

「妃殿下には、ラシッド殿下と合流していただきます」セイフが乗るよう促した。「長いフライトになりますから、すぐに出発しないと」

ポリーは荷物を持って乗りこんだ。セイフとラウールは滑走路に立ったままだ。ラシッドはまだ砂漠にいるのだ。宮殿よりも人目につかないところで会おうというのだろうか？それともパイロットに雲の上からわたしを突き落とせと指示を与えてあるのだろうか？

しっかりしなさい、ポリー。彼女は自分自身に言い聞かせた。わたしを待っているのは場外乱闘であって、死刑執行ではないのよ！

8

景色の見えない長いフライトの果てにようやく着陸すると、ポリーはほっとして機外に出た。ジュベル・カディッシュは砂丘に囲まれた不毛の土地だった。地平線までうねるように広がっている砂丘は、日ざしの加減でベージュから黄土色へとグラデーションをなしている。

パイロットが大声をあげたので振り返ると、らくだに乗った遊牧民《ベドウイン》の一団がこちらに来るところだった。らくだが舞いあげる砂ぼこりでよくは見えないが、彼らの真ん中には黒い馬にまたがった男がいた。そばまで来ると、彼らは飛行機をとり囲むように広がった。着ているものは粗末でも、ベドウィンたちは誇り高い部族の凛《りん》とした雰囲気に満ちていた。

黒い馬の上から、燃えるようなブルーの目がポリーをひたと見すえた。アバの下で、ポリーは息をつめた。ラシッドの険しい視線をはね返せなかった。パイロットが頭をさげ、部族の言葉で長々とあいさつした。ラシッドに言葉をかけてもらえないのがくやしくて、ポリーは地面をにらみつけた。

男たちの一人がらくだからおり、ポリーのスーツケースを荷運び用のらくだにくくりつけた。さらにもう一人が別のらくだをポリーの前に引きだしてひざまずかせた。その背中には布をかけた籠《かご》細工の座席がしつらえてある。ラシッドがようやくポリーに近づき、馬から飛びおりた。

「ねえ、歓迎してもらえるとはわたしも思ってなかったけど、でも……」ポリーは言いかけた。

ラシッドは無言で彼女をかかえあげ、籠の中に座らせた。ふくれっつらの妻に対する彼のてきぱきとした態度に、男たちはこっそり頬をゆるめ、ポリーは内心かっとした。らくだが立ちあがると急に世界が傾き、歩きだしたときには籠が揺れて、すぐにも胃の中身を戻しそうな気がした。だがしばらくすると、体の力を抜いて地面を見ないようにしていれば大丈夫だとわかった。もう動物の足音と荒れ狂う自分の心臓の音以外、何も聞こえなかった。

砂丘を越えると、二十あまりの黒いテントが張られたキャンプ地があった。いつの間にかおりていた宵闇《よいやみ》の中に、焚《た》き火の煙が灰色の螺旋《らせん》を描いている。ポリーは体の節々に痛みを感じた。ここに連れてこられた意図はいまだにわからないけれど、今日の旅が終わったことには心底ほっとした。

らくだからおりると、宮殿で見た覚えのある男の使用人が二人、深々とお辞儀した。ラシッドはポリーを引きずるようにして彼らの前を通りすぎ、一番近いテントに入ると、奥にある、革でできた仕切り壁の向こうに彼女を押しこんだ。そこにはロープで作った低いベッドがあり、その上に敷物やキルトが積みあげられていた。ポリーはすぐに腰をおろした。脚が震えてがくがくしていた。

「アバを脱ぎなさい。ここで顔を隠すのは年老いた女だけだ」

ポリーはアバを脱ぎながら上目づかいにラシッドを見た。彼の厳しいまなざしにも胸の高鳴りはおさまらず、沈黙に耐えかねて叫ぶ。「何か言って！」

ラシッドの手がぐっと拳《こぶし》にかためられた。「もうぼくの前に姿を見せるな」

ポリーはよろよろと立ちあがり、ラシッドが出ていくのを阻んだ。「わたしの言い分を聞いてくれたっていいでしょう！」

「そんな必要はない。きみはぼくに逆らったことをずっと後悔しつづけるんだ」

冷たく言い放つと、ラシッドは足音もたてずに出ていった。ポリーは不安げに周囲を見まわした。しごく簡素なテントだった。使用人を同行させたのは立場上やむを得なかったのだろうが、ラシッドはこの地で財力をひけらかすつもりはないようだ。片隅には無線機と青銅の石油ランプがある。テントの外からは料理をしている香ばしい匂《にお》いが漂ってきた。

ラシッドもいつまでもわたしを無視できるはずはない、とポリーは思った。できるものなら無視しつづけたいのだろうけど。なにしろ巨額の金と引きかえにめとった中東一高価な花嫁がろくでもない不良品だったのだ。結婚したその日からポリーは何かにつけてラシッドに逆らってきた。彼がもう少しうまくやれば、もういまごろすっかり手なずけられていたかもしれないのに。だが、ポリーが感情に基づいて行動するのに対し、彼は自分の主義に従って行動するタイプだ。彼には甘い嘘《うそ》をつく気などまったくない。

彼がわたしを信用しないのは、クリスの腕に抱かれているのを目撃する以前の、わたし自身のひねくれた態度に原因があるのだろう。ああ、わたしったらなんて子供っぽかったのかしら。深みにはまるまいとして、やたらに挑戦的な態度をとってしまった。それもある意味では、ラシッドから生々しい感情を引きだすための駆け引きだったのかもしれない。その結果はどう？　彼はもう顔も見たくないと言っている。でも、彼も最後にはわたしの言うことを信じてくれるわよね？　もしも信じてくれなかったら……いや、そんなことを考えるのはよそう。これは単なる夫婦喧嘩《げんか》にすぎない。ラシッドがその現実にまだ気づいていないだけだ。

使用人が肉と米の料理と冷たいミルクを持ってきてくれたので、ポリーはありがたくそれを胃におさめた。そのあと水の入った器が持ちこまれたのは、体を拭《ふ》けということだろう。なんとかそれをやりおおせ、再び服を着たところでポリーはウエストのきつさに顔をしかめた。母のほうが正しく、体重計は間違っていたということかしら？　確かにポリーは太っていた。

スーツケースから出して読んでいた雑誌に長い影が落ちると、彼女はおずおずと顔をあげた。

「もう寝なさい。明日は夜明け前にキャンプをたたむ」

「寝る前に話しあいをしない？」

ラシッドはもう無駄のない動きで服を脱ぎはじめていた。「話しあってもなんにもならない」

砂漠での滞在にふさわしい衣類など持ってこなかったが、ポリーはとりあえず薄地の綿のネグリジェを引っぱりだし、その生地を握りしめてためらいがちに切りだした。「わたしが泣いていたら、彼が慰めてくれたの。そしてわたしにキスをしたけど……わたしはキスにはこたえなかった」

ラシッドはアラビア語で悪態をつき、白い歯を食いしばった。やり場のないいらだちにポリーは涙ぐんだ。もっとプライバシーの保てる環境だったら彼が怒りだしても言いつのるところだが、テントの中ではどうしようもない。ポリーはのろのろと服を脱ぎはじめた。だがネグリジェを頭からかぶろうとしたとき、それはいきなりもぎとられた。ポリーははっとして青く燃える目を見返した。「やめて」彼の意図を察し、体を震わせる。

ラシッドはランプを消してあたりを真っ暗闇にすると、難なくポリーを捕まえた。逃げる場所もなかったし、悲鳴をあげたらキャンプ中に聞こえてしまうだろう。もういかに抵抗しようと、ラシッドをとめることはできそうになかった。いまの彼はこれまでくすぶっていた怒りを激しく燃えたたせている。レディブライトで見せた侮蔑《ぶべつ》の表情は仮面でしかなく、内側では熱い怒りが煮えたぎっていたのだ。

ポリーの頭をとらえ、彼は言った。「ぼくが娼婦《しょうふ》をどう扱うか思い知らせてやろう。妻だと思っていたら、素手で殺していただろうよ。そう、きみはまんまとやりとげたんだ。ぼくの胸を嫉妬《しっと》で焼き焦がしたんだ」

「わたしとクリスの間には何も……」ポリーの口は彼の手でふさがれた。

「ぼくと別れたからといって、彼が喜んできみを迎えるだろうか？　そのころにはきみの清純な魅力はきれいさっぱり消えうせているはずだ。だいたい遠い先の話になるだろうしね。ぼくが飽きるまで、きみはダレインにとどまってベッドの相手を務めるんだ。きみが本性を見せたからには、ぼくももう容赦はしない。徹底的に教育してやる」

ポリーはその言葉に衝撃を受けた。眠れる虎《とら》が目を覚まし、野に放たれたのだ。ラシッドの超然とした態度を突き崩してやりたいと思いつづけてきたけれど、ここまで猛々《たけだけ》しい感情をぶつけられるのはただ恐ろしい。ラシッドだって無力な女を力ずくで屈服させたりしては、あとで自己嫌悪に陥るはずだ。押しつけられた体のぬくもりはせつないほどなつかしいけれど、わたしの肌を這《は》う手は喜びでなく屈辱を与えようとしている。

「わたし……その前に……外で用を足してこないと」ポリーは必死の思いでとぎれとぎれ

に言った。

荒く息をつき、ラシッドは抱擁を解いた。こんな言い訳が通用するとは信じられなかったが、ポリーは慌てて着るものを手探りし、ラシッドが脱いだばかりのウールのトーベとおぼしきものを着こんだ。

「迷うなよ」

今回に限って彼の勘は働かなかったようだ。ポリーは彼の頭が冷えるまで、ひたすら時間を稼ぎたいだけなのだ。いまのラシッドに理屈は通じない。

幸い二人のテントはほかのテントからは一つだけ離れていた。月明かりで白黒写真のように見える砂漠を、ポリーは胸をどきどきさせながら走った。振り返って誰も見ていないことを確かめ、さらに前進しようとしたとき……空足を踏んで、闇にまぎれていた斜面をころげ落ちてしまった。鼻や口に砂が入ったが、ポリーは声をあげはしなかった。下まで落ちてとまると、息をあえがせながら立ちあがり、体についた砂を払い落とした。

こうなったら斜面をのぼって体力を消耗するよりは、このまま砂丘の谷間を進むほうが妥当なように思われた。もともとそれほど遠くまで行くつもりはないのだ。不気味なほどの静寂の中を、ポリーは再び歩きはじめた。探しに出たラシッドが彼女を見つけるころには――なにしろらくだよりもはっきりした足跡を残しているのだ――彼の気持ちも少しは落ち着いているだろう。ほかの誰かが捜索に加わったとしても、方角がわからなくなっただけだとラシッドがごまかしてくれれば誰も疑いはするまい。ポリーにはこうするしかなかった。

なにしろさっきのラシッドは嫉妬のあまり逆上していた。嫉妬心がクールな外見を打ち破り、逆巻く感情を解き放ったのだ。

そのとき前触れもなく、まばゆい閃光《せんこう》がこの非現実的な地形をぱっと照らしだした。驚くポリーの顔に突風が砂塵《さじん》を吹きつけ、次の瞬間には雨が落ちてきた。漆黒の空が鋭い光の矢に引き裂かれるさまは、ポリーを恐怖に陥れた。ディスコのストロボ照明を千倍も強烈にしたような閃光が続き、天地が荒れ狂いはじめる。

雨はあっという間に勢いをまし、衣類を体に張りつかせた。信じられないほどの豪雨に、ポリーはとっさにしゃがみこみ、そのとたん動物らしきものに飛びかかられて喉も裂けんばかりに絶叫した。犬が彼女から離れて鼻を鳴らし、もう一匹の犬が駆けよってきて手をなめた。

ラシッドの声で二匹の犬は退却した。それから彼はポリーに何かどなったが、雨音が大きすぎて聞きとれない。顔を雨に濡《ぬ》らしながら、ラシッドは彼女を抱きあげ、馬の背にほうりなげるように座らせた。彼の顔を見たときの安堵《あんど》感は、追跡に猟犬を使ったのだと気づいた時点であえなくしぼんでしまった。

帰りの行程はまるで悪夢だった。体が芯《しん》から冷えきって、歯の根があわなかった。ラシッドは彼女を抱きかかえてテントに運びこまねばならなかった。

「いまきみに鞭《むち》をふるっても、誰もぼくをとがめないだろうよ！」雨音に負けないような大声でラシッドは言った。怒りに目をぎらつかせ、震えているポリーの体から濡れたトーべを脱がせる。

「犬をけしかけるなんて野蛮だわ！」

ラシッドはタオルでポリーの体をごしごし拭きながら、彼女をにらみつけた。「あそこでいったい何を待っていたんだ？　ノアの箱船か？　きみがいたのは干あがった急流の川床だったんだぞ。あれから何分もしないうちに水があふれたはずだ。冬には鉄砲水になるんだ。ベドウィンでもへたをすれば溺死《できし》する。突然嵐《あらし》になるから、砂丘の上に避難しようにも間にあわなくなるんだ！」

「どならないでよ！」

ラシッドはポリーの体に器用にキルトを巻きつけ、今度は髪を拭きはじめた。「あと何分か遅かったら匂いが雨に消されて、犬でもたどれなかっただろう。そうなったらきみは砂に埋もれて死んでいた。生きて帰れたのはアラーのおかげだよ。まったく、なんて愚かしくむこうみずな……」そこで彼の声がとぎれた。張りつめた空気の中、ラシッドはゆっくりと息をつき、目をとじた。「非はぼくにあるんだ」しゃがれた低い声だ。「きみを脅すようなまねをした自分自身が恥ずかしいよ。きみが恋人と抱きあったことを恥ずかしいと感じている以上に」

ポリーの目に涙がこみあげた。彼の腿におかれている浅黒い手にそっと自分の手を重ねる。「彼は恋人なんかじゃないわ。さっき言ったとおり、わたしが感情的になったところでクリスが間違いをおかしただけ。それを信じてもらえなかったら、わたしにはもうどうすることもできないわ」

ラシッドの横顔に変化はない。彼の視線が重ねられた手に落ちると、ポリーは急いで手を引っこめた。ラシッドは立ちあがった。「きみは戻ってくるべきではなかったんだ」静かな口調で言う。「だが、戻ってくる以外に道はなかった。ぼくと結婚したせいで、家族との関係が微妙なものになってしまったから」

「どこに行くの？」

「馬の世話をしてこなくては」ポリーが異議を唱える間もなく、ラシッドは濡れた体のまま雨脚の弱まった外に出ていった。

鬱積《うっせき》した怒りを吐きだしたせいか、彼はものわかりがよくなっていたし、怒りながらもポリーの身を気遣ってくれた。それに、嫉妬を感じたということは……わたしを好きだってこと？　ポリーは顔をしかめた。べつに好きなわけではなく、独占したいだけなのよ。男のプライドを傷つけられてかっとなったに違いないわ。でもあの日、花を持って突然やってきたのは、わたしを驚かせたかったからなんでしょう？　なんだかわけがわからない。

少なくとも父が倒れてから、ラシッドの態度はころころ変わっている。もう少しまともな関係を築きたいと言っていたのに、イギリスでは常によそよそしく距離を保っていた。何か決まったパターンがあるのなら、ぜひともそれを知りたいものだ。

翌朝ポリーは灰色の光とらくだのうなり声で目を覚ました。体を包んでいる上掛けに乱れがないところを見ると、ラシッドは隣では寝なかったらしい。

ポリーが起きあがるが早いか、ほっそりしたベドウィンの少女が洗面用の水を持ってきた。テントの外でポリーが起きだす気配に耳をすませていたらしい。たどたどしいながらもなんとかコミュニケーションをとろうとするポリーに、少女は笑顔でヒルファと名乗った。ポリーはヒルファに身ぶり手ぶりではさみがほしいと伝え、アバを切るとその切れ端を肩からかけてむきだしの脚が隠れるようにした。これで着るものの問題はあっけなく解決した。

ようやくテントを出ると、ほかのテントはすべてとり払われていた。男たちは焚き火を囲んでお茶を飲んでおり、彼らの妻や娘は荷造りをしている。

ラシッドがポリーを手招きした。「こっちにおいで。お茶を飲むだろう?」

驚きを隠し、ポリーは彼の横に座った。慣習に反したこの展開に、周囲の男たちはしんとなった。だがラシッドが何か言うと、みんな表情をなごませた。

「いまなんて言ったの?」

「たいしたことじゃない。ぼくがきみを受けいれたから、みんなも受けいれたんだ」

濃い紅茶にミルクは添えられておらず、男たちは大半がたばこを吸っていた。その煙に胃がむかむかして、なぜだろうかとポリーは首をひねった。最近までたばこの煙などちっとも気にならなかったのに。だが、歌うような彼らの会話を聞いていると、不思議とやすらかな気持ちになれる。

「最近のベドウィンはトラックで移動するのかと思っていたわ」焚き火から男たちが離れはじめると、ポリーはラシッドに言った。

「ここは奥地の砂漠地帯だ。四輪駆動なら走れるかもしれないが、ベドウィンに四輪駆動車を買う金の余裕はない。掘り抜き井戸のそばに滞在する夏の間は古いトラックで水を家畜のところまで運ぶが、そのトラックも冬に移動を始める際、定住している親戚《しんせき》のもとにおいていくか売り払ってしまうんだよ。こういう環境は確かにきみにはふさわしくない」

ポリーは顔をこわばらせた。「そんな意味で言ったんじゃないわ」

ラシッドは肩をすくめた。「一年のうちのこの時期、ぼくはたいてい砂漠で過ごす。だが、砂漠の生活条件は厳しい」

「厳しくてもわたしは気にならないわ」ポリーはいらいらしてきた。

ラシッドは彼女を見つめた。「ぼくは気になる」

「やっぱりわたしといたくないんだわ！」

ラシッドはため息をついた。「考えすぎだよ。それもぼくのせいなんだろうが。さあ、みんながぼくたちを待っている」そう言って彼は立ちあがった。

らくだの背に揺られながら、ポリーは彼の穏やかな態度について考えた。わたしの話を信じてくれたのかしら？　癇癪《かんしゃく》がおさまって、冷静さが戻ってきたの？　とにかく、また口をきいてくれるようにはなった。でも、深読みならいくらでもできる。

長い隊列は砂漠を着々と進んでいった。真っ赤な太陽がのぼるにつれて砂丘の色がさまざまに変化するのをポリーはうっとりと眺めた。だが、太陽は次第に地上の生気をしぼりとっていった。らくだの列がとまったとき、ポリーは半分眠りかけていた。

脚が痛くておりられずにいると、ラシッドが手を貸してくれた。しかし、彼の腕が離れたとたん頭がふらつき、世界がぼうっと霞《かす》んで遠のいていった。

気がついたときには青い目が彼女を見おろしていた。「ごめんなさい。わたし……」

ラシッドの表情がやわらいだ。「この旅はきみには荷が重すぎるようだ」

ポリーは即席に作られた日よけの下で寝かされていることに気づき、情けなさに目をうるませた。暑いし、汗だくだし、おまけにラシッドが〝気絶するほど気分が悪かったんなら、なぜもっと早く言わなかったんだ〟と言わんばかりの目をしている。でも、べつに気分は悪くなかったのだ。

「泣くのはやめなさい。女の武器の中でも、涙はもっとも卑怯《ひきょう》な武器だ」彼はつぶやいた。「しかもさらに悪いことに、きみの涙は武器として使われているわけではない」

ポリーの感情はますます高ぶった。いったいどうしたというの？　近ごろのわたしはすぐに涙ぐんでしまう。

「ポリー……頼むよ」ティッシュを差しだされ、ポリーはそそくさと涙を拭いた。ラシッドは吐息をもらした。「この結婚で、ぼくはきみを不幸にしてしまった。きみといると、ときどき頭がおかしくなってしまうんだ……ゆうべのように。きみと違ってぼくは感情を表に出すほうではないし、また表に出さないほうがいい感情だってあるんだ。だが、きみの貞操を疑ったことは謝らねばならない。根拠もないのにきみを責めてしまった」

まるで通夜のような重苦しい雰囲気に、ポリーはしょんぼりと言った。「もういいのよ」

「きみは寛大すぎる。ぼくにはきみに対する敬意が足りなかった」

ポリーはまたあふれてきた涙をティッシュでぬぐった。ラシッドはポリーをささえて立ちあがらせた。「テントの用意ができているから休んでくれ。今日はアルデザまで行くつもりだったが、きみは疲れすぎている。まだ旅の疲れが抜けてないんだ」

「アルデザって？」

「噴水宮殿だ。そこならきみもくつろげる」

次にポリーは人工的な弱い光で目を覚ました。またヒルファが魔法のように現れたが、ポリーには彼女の言葉が理解できなかった。ヒルファはいったんテントを出て、今度はラシッドを連れてきた。

「ヒルファが風呂に入りたいかときみに尋ねてる」

「お風呂に？」

ラシッドはかすれ声で笑った。「近くに井戸があるんだよ。ぼくもさっき沐浴《もくよく》した。アラブの皇太子の伝説的なほどの贅沢《ぜいたく》さには遠く及ばないにしても、気分はさっぱりするだろう」

時代がかったブリキの浴槽が運ばれてきた。それをいっぱいにするにはバケツで何十杯もの湯をいれなくてはならず、ポリーは申し訳ない気分になったが、いったん体を沈めるとその心地よさに酔いしれた。湯の中はまるで天国だった。ラシッドの笑顔を思いうかべ、彼女は期待に身を震わせた。今夜彼はわたしを抱くつもりなのだろう。

だが、夕食は夫婦水いらずというわけにはいかなかった。沐浴をすませたポリーはヒルファに外へ連れだされた。キャンプ地の真ん中で男たちが焚き火を囲んでいた。そのまわりでは女たちが料理をし、子供たちが楽しげに走りまわっていた。

ポリーがラシッドの横に腰を落ち着けると、彼は明朝みんなと別れるので、これからお礼の宴《うたげ》を開くのだと説明した。個人的な会話をかわすチャンスはなく、男たちが部族に伝わる物語を暗誦《あんしょう》しはじめると、ポリーは先にテントに戻って寝る支度をした。

ラシッドが戻ってきたのはずいぶんたってからだった。ポリーは目を閉じたまま、彼が服を脱ぐ気配に意識を集中した。だが、横にもぐりこんできたラシッドは何分たっても触れてこようとしなかった。

わたしの寝たふりがうますぎたのだ、とポリーは思った。「わたし、まだ起きてるのよ」そうささやいてから赤面する。

「鶏の数を数えなさい」ラシッドは言った。

「鶏じゃなくて羊だわ」

「眠るんだよ、ポリー」

彼の言わんとしていることは明白だった。ポリーは胸の痛みをこらえて言った。「クリスのこと、まだ疑っているの？」

「いいや」

「それじゃあなぜ……」

闇の中でラシッドが動いた。マッチをする音に続いて、ランプの光がポリーの紅潮した顔を照らしだした。「このほうがいいんだよ」

ポリーはうつむいた。「でも、わたしが別々に寝ることを提案したときには、あなた、聞く耳を持たなかったわ」

「あれはぼくが間違っていた。最初からきみを一人で寝かせるべきだったんだ。これからはもうきみの弱みにつけこむようなまねはしない」

ポリーはうつむいたまま唇をかんだ。「でも、もしわたしが……その……つけこまれているわけではないって言ったら？」

「それでもぼくの答えは変わらない」ポリーの顎を持ちあげ、強引に目をあわせながら続ける。「きみに欲望を感じなくなったわけではないんだ。だが、ぼくたちの結婚生活に未来はない。一緒にいてもどうにもならない」

「未来のことなんか考えてなかったくせに！」ポリーは胸をかきむしられる思いで言い返した。

「そう、いままでは考えていなかった。きみは子供好きだ。だが、ぼくは……子供を持てない女の苦しみをいやというほど見てきたんだ。たとえ愛情があったとしても、うまくいくわけはない」

父が倒れたためにレディブライトに帰った当初、ラシッドはわたしが幼い弟や妹の世話をするのを見ていたのだ、とポリーは初めて思いいたった。だが、彼の言葉には胸をえぐられた。ベラはこの世を去ってからもなおラシッドの心を独占しているのだ。

「彼女のことは聞きたくないわ。彼女は弱くて身勝手だったのよ」怒りと悲しみがポリーから自制心を奪いとった。「彼女のせいであなたはだめになってしまったんだわ」

ラシッドの顔が目に見えてこわばった。「彼女がぼくをだめにしたわけではない。どちらかというと、ぼくのほうが彼女をめちゃくちゃにしてしまったんだ。純朴な少女を情緒不安定な悩める女に変えてしまったんだよ」

「でも、わたしは……わたしは彼女とは違うわ！」ポリーは声をつまらせた。「それにわたしはあなたを愛しているの」

ぽろりと口をついて出た言葉のあとには重苦しい沈黙が続き、ポリーは後悔の念にとらわれて思わず目を閉じた。

「きみはとり乱している。自分が何を言っているかわかってないんだ」ラシッドは冷ややかに言った。

ポリーは思わず切り返した。「そうかしら。自分の気持ちは自分が一番よくわかっているわ！」

ラシッドの頬がわずかに赤らんだ。話を打ちきるように片手を振りおろし、ウールのトーベに手を伸ばす。「もうやめよう。朝になればきみが悔やむ」

「わたしが悔やんでいるのは、亡くなった奥さんにいつまでも縛られている男を愛してしまったことだけだわ。彼女、あなたに何をしたの？」

ラシッドの体がかすかに震えた。挑むようにポリーを一瞥《いちべつ》してから、彼はテントを出ていった。まだ癒《い》えてない傷口を引っかきまわされるのが苦痛なのだ。四年という歳月を経ても、彼はいまなおベラの影を引きずっている。彼の痛みを自分の痛みのように感じ、ポリーは二重の苦痛を味わっていた。性的な関係を拒まれただけで自分の全存在を否定されたような気がして、無我夢中で愛を告白してしまったが、ラシッドはそれを躊躇《ちゅうちょ》なく払いのけた。自分がなんとも思っていない人間の愛情など、ほしがる人はいない。わたしの愛にはなんの価値もないのだ。あんな告白をして、いったい何を期待していたのだろう？あわれまれ、屈辱が深まるだけではないか。

ベラは彼に何をしたのか？ 彼はその問いに答えなかった。だが、ポリーにはわかる。ベラは彼を残して死んでしまったのだ。

それからラシッドはいつまでも戻ってこず、ポリーは夜が明けるまでまんじりともしなかった。だが、そのあと眠りに落ちたのだろう、外の騒音で目覚めたときには熱気が体にまとわりついていて、もう日が高いことがうかがわれた。起きあがると、ラシッドがベッドの隅に座ってじっと彼女を見ていた。

「あの音は……飛行機？」ポリーは尋ねた。

「アルデザはここから馬でも半日かかる。だが、空を飛んでいけば一時間足らずだ」

ポリーは敷物のフリンジをもてあそんだ。「まだ口はきいてくれるのね」冗談めかしたつもりだった。

「お互い子供ではないんだからね」ラシッドの口調はよそよそしく、ポリーはやり場のないいらだちを感じさせられた。二人の間にはまだ壁が厳然と存在していた。

アルデザをひと目見ただけでポリーは息をのんだ。イスラム寺院を模した白い大理石の宮殿が、手前にいくつも点在する噴水の静かな水面にそのエキゾティックな姿を映している。両側は小道が造られた緑豊かな庭園で、つるばらがさまざまな色あいの花を咲かせている。噴水宮殿はすばらしい環境に恵まれたひとかけらの宝石だった。

ラシッドの先祖が四百年前に建てたものだが、ここ五十年ばかりは誰も住んでいないという。ポリーは中に入る前につるばらに近より、開きかけたつぼみの枝を一本手折った。

「噴水がとまっているのはなぜなの？」

「手入れを怠っているからだろう。調整すればまた動くようになる」ラシッドは言った。

「わたしのためならそんな手間はかけなくて結構よ」ポリーはつんとして言った。

扉は大きく開けはなたれ、円柱の並ぶ玄関ホールが見えていた。ホールは軍隊が行進できそうなほど広く、瑠璃《るり》色から深いエメラルドグリーンにいたる色鮮やかなモザイクタイルが目にしみる。

「ここは別世界ね。これってまるで……」

「アラビアン・ナイトみたいかな？」ラシッドがいつもの謹厳な雰囲気とは打って変わったいたずらな笑みをうかべた。「やっと満足してもらえたね」

こちらはみじめな気持ちを意識して押し隠さねばならないのに、彼は平気で軽口をたたくのね、とポリーは内心むっとした。「ここは放置されていたの？」

「場所が遠くて来るのが大変だからね。狩猟が禁止される以前は父がよく客を連れてきたが、いまやアルデザは無用の長物なんだ。気分転換をはかりたいときにはみんなコスタ・デル・ソルに行く。別荘があるんでね」そこでラシッドはいったん言葉を切った。「いまもアシフとシャサがあちらに行っている。彼らの問題も解決したようだ」

ポリーは腕組みした。「それはよかったわ。最後にここに住んでいたのは誰なの？」

「ぼくの祖母のルイーズだ」

ポリーはぱっと彼に向き直った。「ルイーズ？　アラブ名ではないのね」

ラシッドはびっくりしたように彼女を見た。「祖母はフランス人だったんだ。きみも知っていると思っていたが」

「教えられてもいないのに知るはずないでしょう？　なぜあなたのおばあさまがフランス人なの？」

「祖母の父親は文化人類学者で、遊牧民文化に関する調査のためこの土地にやってきた。ルイーズも父親のアシスタントとして同行していた。ぼくの祖父サリムはひと目で彼女に恋をした」ラシッドは口をへの字に曲げた。「その結果、二人は幸せになりましたとさ」

「ロマンティックな話じゃないの」

「二人は結婚して二年もたたないうちに別居し、それから十五年間離れ離れのままだったんだ。それがロマンティックな話かい？」ラシッドは冷笑をうかべた。「だが、むろんロマンティックとはどういうことなのか、ぼくにわかるわけもないんだよな?」

「もしおじいさまが少しでもあなたに似ていたのだとしたら……」ポリーがそう言いかけたとき、タイル敷きの床に杖《つえ》をつくような音が響き、彼女はそちらを振り返った。

9

背中のまるまったしわだらけの老婦人が、背後の使用人たちを片手で追い払いながら近づいてきた。ラシッドの前でひざまずき、彼とポリーを交互に見つめて興奮したように何事かしゃべりだす。

その感情的なあいさつを受け、ラシッドはこわばった顔になんとか笑みをうかべてポリーに説明した。「彼女の名はイスメニ。高齢だから記憶もあやふやなんだ。きみが持っているそのばらを彼女にやってくれないか？　彼女はきみをルイーズだと思っているし、そのばらは彼女のために摘まれたものだと思いこんでいる。ぼくたちのことをぼくの祖父母と勘違いしてるんだよ」

「なんですって？」

「反論してもとまどうだけだから、調子をあわせてやってほしいんだ」

ラシッドの途方に暮れた様子にポリーは顔をほころばせ、背をかがめてイスメニにばらを手渡した。イスメニは骨張った手でポリーの手をつかみ、手の甲に唇を押しつけた。ラシッドは優しく彼女を立ちあがらせ、近くで床にじっと目を落としている使用人二人にイスメニの面倒を見るよう合図した。だが愉快なことに、イスメニは高飛車な態度で使用人をはねつけ、自らポリーとラシッドを古い高級家具がおかれたサロンへ案内した。

「なぜばらをほしがったの？」ポリーは小声でラシッドにささやいた。「外には五万と咲いているのに」

「ばらを植えたのはルイーズなんだ。イスメニにとってばらは特別なものなんだよ。ルイーズは誰にも手折ることを許さなかったから」

「まあ、わたしったら勝手に折ってしまったわ」

「いいんだよ。イスメニにとってルイーズからばらを与えられるのは、このうえない栄誉だったに違いない。おっと、なぜ声をひそめているのかな。きみのがうつったんだ」そこでラシッドは眉をあげた。「それともよみがえった死者として迎えられたせいかな。イスメニは医者に診せるべきなんだろう。あまり効果があるとも思えないが」

「少なくとも本人は幸せそうだわ」ポリーはソファーに腰かけた。「ルイーズの話をもっと詳しく聞かせて。彼女、目はブルーだったんじゃない？」

「そうだ。髪はブロンドだった。きみほど淡い色ではなかったが」ラシッドはポリーの肩にこぼれているつややかな銀色の髪に目をやった。「ルイーズはあまり幸福ではなかった。若くてせっかちだったサリムが数度会っただけで求婚に応じさせたんだが、宗教と文化の違いが二人を引き裂いたんだ。ぼくの父が生まれたあと、ルイーズはここで暮らすようになった。遊びに来たまま、サリムのもとには帰らなかったんだ」

ポリーは眉をひそめた。「その原因はサリムにあったんでしょう？　彼、何をしたの？」

「彼らにはなんの共通点もなかったんだ。ルイーズは教育を受け、自立した女だったから、ここでの不自由な暮らしが息苦しかったんだろう。キリスト教の信仰を守りつづけていたせいで、ただでさえ外国人の花嫁に批判的だった親戚《しんせき》の女性たちにも気持ちよく受けいれてもらえなかった」

「サリムは彼女がここの生活になじめるよう、どの程度手助けしてあげたのかしら」

「さあね。彼はルイーズが帰ってこなかったので激怒し、二人めの妻をめとった」

「まあ！」

「アクメドおじの母親ミルサがそうだ。早々と第二夫人を迎えたのはルイーズへの腹いせだったんだろう。だが、結局は自分が苦しむはめになったようだ。ルイーズは最後までサリムを許さなかったからね」

「それは許せないわよ」ポリーは声をとがらせた。

ラシッドはため息をついた。「ぼくの父が六つのとき、ミルサは当時流行していたコレラに感染して命を落とした。それまでサリムとルイーズは口をきくことすら、めったになかった。サリムがここを訪れても、ルイーズはハーレムにこもったまま息子だけを彼に会わせた。だが、ミルサの喪が明けると、サリムはルイーズにもう一度やり直そうと申し出た。ルイーズは拒絶したけどね。彼を許す気はなかったんだ」

「当然よ。六年も別の女性と暮らし、子供まで作ったのに、よくもやり直そうなんて言えたものね」

ラシッドの目が陰った。「結婚した以上はミルサを捨てられなかったんだよ。それでもサリムはまだルイーズを愛していた。ルイーズもサリムが嫌いだったわけではないのだと父は言っている。だが、結局二人の仲は壊れたままだった。サリムが来るたび、ルイーズは部屋に閉じこもった。彼女が肺をわずらって亡くなったときには、サリムは彼女の死を深く悼んで、以来結婚しなかった」

ポリーの目がうるんだ。「すべて彼の責任だわ」

「きみが悲しむのはわかるが、なぜそんなにむきになるのか理解できないな。ぼくたちが生まれるはるか以前に死んだ人間に、そこまで同情するなんて」

感傷的になっている自分が恥ずかしくなり、ポリーは立ちあがるとうろうろ歩きまわった。

「もともと幸せになれる二人ではなかったんだよ、ポリー。違う世界に育ったんだから」

ラシッドがだめ押しするように言った。

ポリーはヒステリックな笑いをほとばしらせ、くるりと彼に向き直った。「わたしたちみたいに？　そう言いたいの？　サリムはルイーズに飽きて、彼女の気持ちなど考えもせずに自分のやりかたを押しつけたんだわ。誰かさんとそっくりじゃない？」

ラシッドはブルーの目をきらめかせた。「そういう気分のときのきみと議論する気はない。いまのきみは本当のきみではないんだ」

確かに本当のポリーではないかもしれないが、こういうポリーにしたのはラシッドなのだ。彼がやみがたい飢餓感をポリーの心身に植えつけた。ポリー自身にも制御不可能な感情を彼女の中にかきたてて。なのに、ラシッドはいまになってその感情を葬り去れと言っている。彼の体裁のいい嘘《うそ》をうのみにして現状を受けいれろ、と。

子供を産ませてやることはできないのだから、自分たちに未来はない。そう決めつけて選択の余地さえ与えないのはラシッドが不誠実だからだ。彼にとってこの結婚はゲームにすぎなかった。身勝手きわまりない性的なゲーム。彼はわたしの弱みにつけこんだ――彼自身が認めたように。でも、面倒なごたごたはごめんだから、わたしをめちゃくちゃにしておきながら、そこに立ってわたしが冷静さをとり戻すのをただ待っているのだ。ポリーの胸に激しい怒りがわきあがった。

「議論する気はない？」片手で花瓶をつかみ、ラシッドの横六十センチほどの壁をめがけて投げつける。花瓶は音をたてて割れたが、ラシッドはぴくりとも動かない。突然自分を襲った破壊的な衝動に茫然《ぼうぜん》としつつ、ポリーは唇を舌で湿らせた。「よくもそんな……」

だが、ラシッドの怒りと驚愕《きょうがく》が不意にひしひしと伝わってきて、彼女の声がかすれた。

「ごめんなさい」

「こっちに来い」ラシッドが命令した。

「いやよ!」

そう言うが早いか彼のほうが近づいてきた。ポリーは追いつめられ、ラシッドの手で冷たい壁に押しつけられた。「これまでぼくに物を投げつけた人間はただの一人もいない!」

「あなたを狙《ねら》ったわけじゃないわ!」

ラシッドは彼女の手首をつかんだ。言い訳など聞いてはいなかった。「きみが唯一の例外だ」

やにわに抱きすくめられ、ただでさえ波立っていたポリーの感情に一気に火がついた。ラシッドのほうも、彼女の口もとに目をやったとたん言うべきことを忘れてしまったらしい。あとになってもどうしてそうなったのかわからなかったが、気がついたときには彼の唇がポリーの唇を狂おしく貪《むさぼ》っていた。

ポリーの中で怒りと喜びが溶けあった。男らしい体の感触に、全身から力が抜けていった。だがポリーが雷に打たれたように身を震わせると、ラシッドは彼女をぐいと突き放した。

「許してくれ」声を押し殺して言う。

ポリーには許せなかった。またしても拒絶されたという思いが彼女を打ちのめしていた。鳥籠《かご》に中から体当たりしつづけて翼を痛めた小鳥の気分だった。ゆうべ胸に秘めていた思いを吐露してしまったことが彼女の屈辱をいっそう深いものにしている。このうえまた拒絶されるなんて、もう限界だ。これで終わりだった。いや、とっくに終わっていたのだ。ゆうべラシッドは遠まわしにそれを告げようとしていたのだ。いったい何度傷ついたら、あきらめがつくのだろう。人の愛は、望んだからといって手に入るものではないのに。

「きみにはぼくの気持ちがわかってないんだ。ぼくもうまく言えなかったし。だが、これだけは信じてほしい。ぼくはどうすることがきみにとって一番いいのかをずっと考えてきたんだ」

その偽善的なせりふに嫌悪感を覚え、ポリーは彼から顔をそむけた。「誰かにわたしの部屋まで案内させてくださらない？」

「ポリー……」

彼女が返事をせずにいると、ようやくラシッドは使用人を呼んだ。ポリーが部屋に引きとるのをとめはしなかった。内心ほっとしているのだ。思ったことを口にしてはばからず、自分に執着して離れようとしない妻なんてうっとうしいだけなのだろう。

三十分後、ポリーはあれこれ世話を焼こうとする女の使用人たちから逃れ、古めかしいタイル張りのバスタブに身を沈めていた。そこは昔のハーレムらしく、一つの廊下を通ってしか行き来できないようになっていた。出入り口や窓には鉄格子がはまっているが、部屋はどこも豪華に飾りたてられている。外界から隔絶され、森閑としたこのハーレムに一人閉じこもっていたルイーズを思い、ポリーはぶるっと身震いした。少なくともわたしは最後にはイギリスに帰れる、とみじめな気分で自分を慰める。

寝室にはまだ使用人たちがいたが、ポリーは全員を追い払った。ベッドは大理石の段の上に据えられており、その上には普通なら恥ずかしくて着られないような代物がおかれていた。透ける絹のネグリジェと、フェザーがトリミングされた薄いブルーのサテンのガウン。ポリーは思わず身をくねらせた。それは彼女自身のスーツケースの底から引っぱりだされたものだった。三週間前、父の病院にほど近い高級ランジェリー・ショップのショーウィンドーに飾られていたのを、衝動的に買ってしまったのだ。ラシッドのために。あのときの気恥ずかしい夢は残酷な現実にたたきつぶされてしまったけれど、ほかの衣類がどこにしまわれたのかわからなかったので、ポリーは仕方なくそれを着た。

食事が運ばれてきたときには、ここはルイーズの部屋だったのだと見当がついていた。イスメニができるだけ当時のままにしているのだろう。色あせたセピア色の写真がしゃれた書き物机の上に飾られ、一輪ざしにはポリーがイスメニに渡したばらがさしてある。開けっぱなしの引きだしからはリボンでたばねた黄ばんだ封筒がのぞき、化粧台の上では銀のヘアブラシが故人の手にとられるのを待っている。鳥肌が立つような光景だ。

九時をまわったころ、イスメニがホットチョコレートの入ったカップを持ってきて、ベッドの上掛けを折りかえした。意思の疎通をはかろうとしてもイスメニは興奮して騒ぐだけなので、ポリーは仕方なくルイーズのベッドに横たわった。だが、二十分もしないうちに、上掛けをはねのけてがばと起きあがった。なにもここまでイスメニの妄想につきあうことはない！　イスメニはもう出ていったのだから、ポリーが別の部屋に移ってもわかりはしないだろう。ルイーズのベッドでは落ち着いて寝られなかった。

部屋を出たとたん、ポリーは敷物にくるまってうずくまっていたものにつまずき、ころびそうになった。イスメニが歯のない口を開けてにっと笑った。ぎょっとするポリーの前で立ちあがり、何かを命じられたかのように深くお辞儀すると、暗い廊下を明かりもつけずにしずしずと進んでいく。

ちょっとためらってから、ポリーもあとに続いた。イスメニは暗がりの中でドアを開け、ポリーに先に行くよう促した。狭い螺旋《らせん》階段がちらりと見え、好奇心の虜《とりこ》になっていたポリーはそちらに足を進めた。すると、いきなり背後で重いドアが閉まり、あたりが真っ暗闇《くらやみ》になった。慌ててドアを開けようとしたが、信じられないことにこちら側には取っ手がない。

「イスメニ！」ポリーは動転して叫んだ。

返事はなかった。一寸先も見えない闇の中を、ポリーは壁を伝って進んでいくしかなかった。階段をそろそろと三十二段のぼったところで、手のひらがかたい木材に触れた。閉じこめられそうな恐怖に駆られ、力いっぱいその板を押すと、きしんだ音をたててそれが動いた。ポリーは勢いあまって暗い部屋の中に飛びこんだ格好になり、裸足《はだし》の爪先を何かにいやというほどぶつけてしまった。思わずうずくまり、淑女らしからぬ悪態をついて痛む爪先を押さえる。

不意に明かりが点灯した。ラシッドが窓のそばの椅子から立ちあがった。ポリーもびっくりしたが、彼も劣らず驚いているようだ。背の高いペルシャ・ランプのスイッチから手をおろし、その場に凝然と立ちつくす。シャツの前がはだけ、ジーンズから裾《すそ》が出ていた。足は裸足だ。

イスメニのとんでもない勘違いに気づき、ポリーは顔を真っ赤にしてつぶやいた。「わたしったらどこかで曲がり角を間違えたみたい」

ラシッドは無反応だ。輝くブルーの目で彼女を見おろし、ゆっくりと深呼吸してからそばに来てかがみこむ。「びっくりしたよ、ポリー……。足は……大丈夫かい？」

「起こしちゃったのならごめんなさい」ポリーはうつむいたままつぶやいた。

ラシッドはガウンのフェザーから飛びだしている羽根くずをつまみとった。「まだ寝てはいなかった。馬に乗りにいって……帰ってきたところだ」ポリーが爪先から手を離すと、大きすぎるガウンが肩からずれ、透けるように薄い絹のネグリジェがあらわになった。

「きみがぼくのところに来てくれた……」ラシッドの声が不意にかすれた。「それがどういうことかはわかっている。恥ずかしがることはない。ぼくは深く感動している」

彼の誤解をただそうとして顔をあげると、熱く燃える目がポリーをとらえた。まるでエンジンをかけられたかのように、心臓の鼓動が急激に速くなった。

ラシッドは人さし指で乱れかかったポリーの髪を耳の後ろにそっとかけた。「しかもこの状況はあまりに刺激的だ」ささやくような声だ。

ポリーの頭が混乱をきたした。ラシッドの手がじらすように首を這《は》うと、そのぬくもりに飛びこみたくなってくる。「刺激……的？」おうむ返しに言う。

「こんなに内気な女性が自分から誘ってくるなんてね」ラシッドは彼女の腕をつかんで引きよせた。「きみの寛大さに比べると、ぼくは自分が恥ずかしい。ぼくだったらプライドが邪魔をしてできなかっただろうが、きみはこうして来てくれた……」

「ええ」ポリーの声もかすれていた。

「ずっと我慢してきたが、もう無理だ。だいいち我慢してなんになる？　ぼくはきみを拒めないんだ。インシャーラー」ラシッドの舌先が唇に触れ、ポリーは大きく体をわななかせた。インシャーラー――すべては御心《みこころ》のままに。こうなることはすでに決まっていたのだ。ラシッドはポリーの両手をつかんで自分の温かな体に導き、ポリーがためらいがちに愛撫《あいぶ》すると、身震いして満足げな声をもらした。「本当にいいのかい？」ポリーを見つめて尋ねる。

自分の意思でここに来たわけではないのだとは、もう何があろうと明かす気はなかった。

「あなたのほうこそ……気が変わったの？」

その不安そうな問いかけにラシッドは苦笑した。彼女を抱きよせ、体をぴたりと密着させる。「ぼくの望みは最初からはっきりしていたんだよ、ポリー。わからなかったのはそれを押し通していいのかということだけだ。とくにきみがほかの男に抱きしめられているのを見たときには……。ぼくが現れなかったら、きみは彼と結婚していたかもしれないんだ。ぼくが背を向ければ、きみは彼のもとに走るだろうし、そうなればきみを憎むこともできると思った。ぼくには彼からきみを引き離す権利はないような気がしたんでね。だが、受難者ぶるのはもうやめだ」

そう言うと立ちあがり、ポリーを軽々とベッドに運んで横たえる。クリスに対する彼の嫉妬《しっと》はポリーが思っていた以上に根深いものだったらしい。

「本当にいいんだね？」ラシッドは念を押した。

ポリーが、まだこのなりゆきに茫然としつつもうなずくと、彼の顔にあの魅惑的な笑みが漂った。

「離れていようと近くにいようと、ぼくは昼も夜もきみがほしくてたまらないんだ。ぼくをこんなふうにした女はきみが初めてだよ」

一瞬ポリーの心に悲しみの影がさした。ベラは世俗的な快楽とは無縁の高みから支配力を及ぼしているのだ。ポリーの武器はベッドで燃やす情熱だけ。数週間前だったらそんな武器は無意味だと一蹴《いっしゅう》していただろう。いまの自分の弱さを内なる声が嘲《あざけ》る。そんな形で彼をつなぎとめておくつもりなの？　彼の理性をいっとき曇らせる欲望を利用して？　一貫性のない彼の態度も運命なのだとこじつけて？　ポリーはその声に耳をふさいだ。彼はわたしを愛してないが、それは仕方のないことだ。いまはこのぬくもりだけで十分ではないか。

ラシッドが彼女の唇に荒々しいキスをすると、情熱が白熱の炎となって燃えあがり、二人を包みこんだ。そしてポリーをそれまで経験したことのないめくるめく快楽の世界へと導いていった。

命令口調のアラビア語でポリーは目を覚ました。ラシッドの腕の中で重たいまぶたをあげると、イスメニが例の隠し扉から出ていくところだった。

「彼女はどうかしている！」ラシッドが言った。「いきなり入ってきたかと思うと、きみを起こしてこのベッドから引きずりだそうとした。そのうえぼくに文句を言ったんだ。なぜ妻が夫のベッドにいてはいけないんだ？　きみがここにいることをなぜぼくが隠さねばならない？」

ポリーは顔を赤らめた。「あなた、彼女を怖がらせはしなかったでしょうね？」

「怖がらせる？　きみをこのまま寝かせておくと言ったら、彼女はにんまり笑ったんだぞ。だったらなぜ文句を言ったんだ？」

ポリーの頭にふと妙な考えがうかんだ。ラシッドの祖父母は口もきかないと周囲に思われていたけれど、実は夜中に密会していたのではないか？　自分がイスメニの案内でこの部屋に来たことをそろそろラシッドに打ちあけるべきなのかもしれない。だが、ポリーは黙っていた。ラシッドはゆうべ恥ずかしげもなく身を投げだしてきた妖婦《ようふ》の誘惑に屈したつもりでいる。それが彼の思い違いだったことは知らせないほうがいい。刺激的、と彼は言ってくれた。イスメニには山ほどばらをあげよう。「彼女はまだわたしをルイーズだと思ってるのよ」ポリーは言った。

「サリムが夜明けとともに妻をベッドからほうりだしていたとでも言うのかい？」

「ほうりださなかったとも、言いきれないでしょう？」

「だいたい二人は一緒に暮らしていたわけではないんだぞ」

「でも、サリムはときどきここに来ていた」

「しかし基本的には別居してたんだ」

沈黙が立ちこめ、ポリーは不安になった。ひょっとしてラシッドはゆうべのことを後悔しているのだろうか？

動揺するポリーの顔を謎《なぞ》めいた目が見つめた。「きみに言わなければならないことがある」ラシッドは切りだした。

「やめて！」反射的にポリーは叫んだ。

「きみもいつまでも目をつぶっているわけにはいかないんだ」ラシッドはそっと続けた。「もうぼくのほうから別れ話を持ちかけるつもりはないが、きみには離婚という選択肢をずっと残しておいてやらなくてはならない」

ポリーは驚いて目を見開いた。「わたしにその選択肢が必要だと思っているのね？」ラシッドのいまのひとことで最大の不安が払拭《ふっしょく》され、ポリーは強い感情に心を揺さぶられた。

ラシッドはあおむけになり、つぶやくように言った。「お互い現実的にならなくては。きみはまだ若いが、いずれ子供がほしくなるだろう。それはごく自然な願望だし、人間の常として手に入らないものはよけいほしくなる。ぼくが離婚を考えたのも、きみをそういう葛藤《かっとう》で苦しめないためだったんだ」

ポリーにはなんと答えたらいいのかわからなかった。彼の言うことは正しい。いずれ自分は子供を持てないという現実と折りあわなければならなくなるのだ。ふと吐き気をもよおし、ポリーは体を起こしかけたが、すぐにまた横たわって深い物思いに沈んだ。いつか悔やんだり悩んだりするときが来ても、その苦しみは決して表に出すまい。ベラは現実を受けとめきれず、ラシッドを傷つけた。そしてラシッドは自分の傷つきやすさを恥じ、そういう弱点を知られないよう誰にも心を許さなかったのかもしれない。わたしによそよそしかったのも、そのプライドの高さのせいなの？　ああ、できるものならそう思いたいけれど、心の底からは納得しきれない。彼がわたしを拒んできたのは、ベラに捧《ささ》げていたような絶対的な愛をわたしには感じないからなのだ。

いいや、もうこんなことを考えるのはよそう。わたしの愛は彼の分を補ってあまりあるほど深いのだから。そう思いながら、ポリーはささやいた。「いまからとり越し苦労をする必要はないわ。そんなことより、わたし、ずっと知りたいと思っていたことがあるの」話題を変えたくて言う。「わたしたちが結婚した日、あなたとお父さまは何を言い争っていたの？」

ラシッドは思いがけず笑顔になった。「それがいま重要なのかな？」

「やっぱりわたしのことで言い争ってたんだわ」ポリーはなじるように言った。「あなた、わたしとの結婚に不平を申したてたんでしょう？」

ラシッドが大声で笑いだした。「きみの想像力は常にぼくを面白がらせてくれる。いいだろう、あの日ぼくが言われたことを教えてあげよう。父は暗殺未遂事件などなかった、きみのお父さんとの約束も本気ではなかったのだと言ったんだよ」

「暗殺未遂事件はなかった？　そんなばかな！」

だよ」

「きみのお父さんはボディガードの一人を暗殺者と勘違いしたんだ。彼が父を押し倒したとき、そのボディガードは父が襲われたのかと思ってきみのお父さんに向けて発砲したんだよ」

「そんなこと、ありえないわ」

「ところが現実にあったんだ。父はアーネストがかすり傷ですんだことに心底ほっとし、外交問題に発展することを恐れて彼の誤解をそのままに、言わばしゃれのつもりで例の約束をしたんだそうだ」

その不条理な真相を父の英雄きどりの得意げな話しぶりに照らしあわせ、ポリーは不謹慎にもたとえようのないおかしさを感じた。「その話、わたしの父にはとても聞かせられないわ」

「彼が父に謁見を願いでたとき、父はあの約束を果たすよう迫られるのかと思って、きみのことをいろいろ調べさせたようだ。親不孝な息子は男やもめを通すつもりでいたし、きみに関する調査結果にはなんの不満もなかったから、父はこれ幸いと話を進めたんだ」

ついにこらえきれなくなり、ポリーは声をあげて笑いだした。「ああ、わたしも見たかったわ、父に押し倒されたときの国王陛下の顔！　きっと内心では激怒してたんでしょうね！」

「正直言って、その話を聞いたときのぼくはそれほど面白がれなかったよ」彼自身も笑いながら言った。「だが、いまはすばらしい女性を選んでくれた父に感謝している」ポリーを抱きすくめ、唇に熱いキスをして言葉をつぐ。「もう離さないよ。これからは外国に行くときもきみを連れていく。きみはもうぼくにとって必要不可欠な存在なんだ」

それから一週間、ポリーは幸福の絶頂にあった。毎朝二人で馬に乗り、ラシッドの根気強い指導のおかげでポリーも子供のころ父親に刷りこまれた馬への恐怖を克服した。三日めの朝に戻ってきたときには噴水が動きはじめていた。ラシッドがポリーを喜ばせるため、配管の点検修理をさせたのだ。

ある日の夕方、ポリーが庭のあずまやで美しい夕暮れの砂漠を眺めていると、ラシッドが探しに来た。

「なんだか憂鬱《ゆううつ》そうだね」

その日の午後は彼のほうに仕事があった。専用機が郵便物を運んできたのだ。なぜか専用機はいったん帰ってまた来たが。いまラシッドがポリーを探しに来たのは、彼女がほったらかしにされているように感じているのではないかと気にしたからだろう。

ポリーは石のベンチから優雅に立ちあがった。「のんびりくつろいでいただけよ」

「故郷のことを考えていたんじゃないかい？　今日はクリスマスイブなのに、ここには雪もなければ暖炉も靴下もない」からかうようなラシッドの言葉は少々残酷に響いた。実際ポリーは故郷のクリスマスを思ってひどく感傷的になっていたのだ。

「わたしはもう靴下をぶらさげるような年ではないわ」抑えた声でつぶやく。

「かもしれないね」ラシッドはゆったりとほほえんだ。「そういえば、今夜は客が来るからね」

「お客さまが？」ポリーはびっくりした。

ラシッドは彼女の手をとり、宮殿の中に入るとサロンに向かった。サロンに足を踏みいれたポリーは二メートル半もある松のツリーを見て言葉を失った。豆ランプで飾られたツリーの下には華やかにラッピングされた包みが山と積まれている。不意にどこからか《ひいらぎ飾ろう》の歌が流れだした。

たくましい腕がポリーの体を背後から包みこんだ。「ホームシックが重くなっただけだったかな？　ご家族も招待したかったんだが、お父上はまだこちらに来られるほど体力を回復してないそうだ」

ポリーの目にみるみる涙があふれた。「わたしのためにこれを？」

ラシッドは彼女を自分のほうに向かせた。「きみを喜ばせるためなら、このくらいなんでもない」

ゆっくりと顔を近づけられると、ポリーは無意識に伸びあがって彼の唇を迎えいれた。もう客が来るという話も頭から追いやられていた。キスをやめると、ラシッドはささやいた。

「愛している」

ポリーは目を伏せたままだった。彼の言葉を本気にはしなかった。そんな心にもないせりふを言わせてしまったのは自分なのだ。わたしが無分別に愛を告白してしまったから、ラシッドもその愛にこたえなければいけないような気になっているのだ。そしていま不器用にぽつりと愛を告げた。やっぱり彼は嘘がへただ。

そのとき誰かがこほんと咳《せき》をし、ラシッドはさっとポリーから離れた。

「なんだったら出直してこようか?」戸口でアシフがシャサを従え、にやりと笑った。「もっとも、ぼくはそう驚いてはいないけどね」

びっくりしているポリーにシャサが笑いかけた。「勝手にクリスマス・ランチによばれて悪かったかしら?」

「悪いはずはないさ。食材のほかにスイス人シェフまで持参してきたんだから。彼はちょっと飛行機に酔ってしまったみたいだけどね」アシフが笑いながら言った。「ツリーの飾りつけはシャサがやったんだ。そのツリーをここまで運ぶのにどれほど手間がかかったかわかるかい?」

シャサがポリーを抱きしめてささやいた。「本気にしちゃだめよ。すべてラシッドが手配して、わたしたちは遊び半分に手伝っただけなんだから」

その晩はじつに楽しかった。ラシッドの心遣いはもとより、シャサが五週間前とは比べものにならないほどいきいきとしているのもうれしかった。アシフが出歩くのをやめておとなしくなったせいか、シャサは愛されている自信をとり戻して光り輝いていた。

　夜ふけに彼ら夫婦と別れて二人だけになると、ポリーは待ちかねたようにプレゼントを開けはじめた。ラシッドは彼女の家族へのプレゼントまですでに送ってあると言った。夜中の一時にはポリーは開いた包装紙に囲まれ、これだけの品をよく電話だけでそろえられたものだと驚嘆していた。

「わたしからのプレゼントは詩集だけなの。ラッピングもしてないわ。あなたに渡せる自信もなかったし。ばかみたいだと思われそうで」

　ラシッドは笑いながら彼女をかき抱いた。「きみ自身が最高のプレゼントだよ。ほら、泣かないで」

「だってあんまり幸せだから」ポリーははなをすすり、それからふと不吉な予感に襲われた。こんなに幸せでは嫉妬深い運命の神を刺激してしまうのではないかしら、と。「できるものなら一生ここを離れたくない」

　彼女の不安を感じとり、ラシッドは眉間《みけん》にしわを寄せた。「いったいどうしたんだ、ポリー？」

「どうしたかですって？」ポリーは涙をのみこみ、気をとり直して言った。「こんなにたくさんの宝石をどこでつけたらいいのか考えていただけよ」

「来月には公式晩餐会《ばんさんかい》が予定されているし、来週にもパリ行きのスケジュールが入っている。だが、きみが気にしているのは、宝石のことではないだろう?」

ラシッドの勘のよさを呪《のろ》いながら、ポリーは彼の肩に顔をうずめた。「これからの宴会シーズンを父がパーティなしで過ごせるかどうかが気がかりなの。ちゃんと聞き分けてくれるといいんだけど」

「大丈夫だよ。近いうちに、また二人で会いにいこう」ラシッドの口調が少しだけ冷ややかになったが、ポリーは気づかなかった。わけもなく不安になるなんて自分はなんて愚かなのと思いながら、彼女はラシッドを見あげてにっこりほほえんだ。

10

クリスマスの翌日、ポリーは馬に乗りに行こうと勇んで起きだしたところでラシッドの足もとに倒れこみ、そのまま気を失ってしまった。気がついたときには、ラシッドが誰かに厳しい口調で何か命じており、廊下からは騒ぎを聞きつけて集まってきた使用人たちの興奮した話し声が聞こえていた。

「寝てるんだ」ポリーがベッドから起きあがろうとすると、ラシッドが肩を押さえつけて言った。「医者が来るまで動いちゃいけない」

「どこからお医者さんが来るっていうの？」

ラシッドは吐息をもらした。「イスメニの診察のため、今日ミスター・ソウムズに来てもらうよう手配しておいたんだ。もうじき着くだろう」

「でも、わたしたちは今日たつ予定だわ。それに診察なんて必要ないわよ」

「少しは健康に気を遣ったらどうなんだ？」ラシッドはそう言うと深く息をつき、彼女のかたわらに腰をおろした。「さっきは死ぬほど驚いたんだぞ。これでもう何度めだろうね」

かたい笑みをなんとかうかべる。「だが、心配することはない。きっとたいした病気ではないよ」

そう言いつつもラシッドはそれから数時間、落ち着かない様子で室内を行ったり来たりしていた。ポリーは何も心配していなかった。気が遠くなる程度のことは、ここ何週間かの出来事を思い返せばべつに不思議はない。単に疲れがたまっていただけだ。

医者が到着すると、ラシッドは自分も付き添うと言ったが、ポリーが大丈夫だと言いはるとしぶしぶ出ていった。ミスター・ソウムズは親しみやすい陽気な人物だったが、彼が発した三つめの質問はポリーを驚愕《きょうがく》させた。最後に月のものを見たのはいつですか？　その記憶は時のかなたに霞《かす》んでいた。確かラシッドがニューヨークに行っていたとき……。だけど、それからもう何カ月もたっているではないか。そんなに長く生理がなかったはずはない……。

ミスター・ソウムズは咳払《せきばら》いした。「お心あたりがおありでしょう、妃殿下？　ご懐妊ですよ」脈をとりながらの宣告だったので、ポリーの惚《ほう》けたような表情には気づかない。

「おそらく妊娠三カ月ぐらいではないかと――」

「まさか、そんな！　ありえないわ！」ポリーはうわずった声でさえぎった。

医者は眉をあげた。「疑問の余地はありませんよ、妃殿下。はっきりした徴候が見られます」

ときどき吐き気に見舞われたことが思いだされた。それにウエストが太くなったことも……。「本当なんですか？　本当に……赤ちゃんが？」

ひょっとしたら医者は、いまさらながらおしべとめしべの話をしてやらねばならないのかと思ったかもしれない。なぜポリーがこんなに驚くのか理解できなかったはずだ。だが、驚きは間もなく深い喜びに変わり、ポリーはミスター・ソウムズが食生活に関する注意を与えたり、シャサのかかりつけの産婦人科医をすすめたりする声に、ただこくこくとうなずいていた。言葉は耳を素通りしていった。上掛けの下でそっと腹部に両手をあててみる。ラシッドに生殖能力がないというのは何かの間違いだったのだ。あるいは奇跡が起きたのか。いまのポリーは奇跡でもなんでも信じる気になっていた。

赤ちゃん。彼の子供！　うれしさに天まで舞いあがりそうだ。ラシッドの反応を想像すると、めまいがするほど幸せな気分になる。と、その気分は不意に落ちこんだ。ラシッドはベラではなくわたしが妊娠したのを残念がるのではないかしら？　いえ、そんなことはないわ。自分が父親になるという現実をただ喜ぶはずだ。ああ、彼に話すのが待ちきれない。

患者がまともに聞いていないとあきらめた医者は、ドアを開けてラシッドを入らせ、晴れやかな顔で宣言した。「おめでとうございます、殿下。赤ちゃんができたのですよ」

医者の思慮のなさにがっかりし、ポリーは思わず起きあがった。ラシッドはこちらに背を向けており、たっぷり三十秒もたってからようやく口を開いたが、そのときには医者を連れて部屋の外に出ていたので、なんと言ったのかポリーには聞きとれなかった。期待に胸をうずかせながら、ポリーは彼が再び入ってくるのをいまかいまかと待った。彼は驚いているだろう。それは当然だ。

やがてラシッドが一人だけ入ってきて、後ろ手にドアを閉めた。ポリーの顔も見ずに窓辺にたたずんだかと思うと、いきなり拳《こぶし》を窓枠に打ちつける。

「いつ言うつもりだったんだ?」彼は真っ青な顔でポリーに向き直り、毒を塗った矢のような視線で彼女を射抜いた。「よくぼくの顔を見られるな? 恥を知らないのか?」

「は、恥?」ポリーはぼんやりとききかえした。

「ぼくをばかだと思っているのか? ぼくが藁《わら》にもすがる思いで自分の子だとやみくもに信じるはずだと? ぼくの知性を見くびるんじゃない。きみがあの男についてまだ何か隠していることはわかっていたが、彼とはなんでもないという言葉は信じたんだ。しかしいまになって……こんなれっきとした証拠が……」英語がうまく出てこず、ラシッドは必死に気をしずめようとした。

ポリーは石と化し、うつろな目で彼を見ていた。あざができたラシッドの手からぽたりと血がしたたり落ちたが、たとえ床が血だらけになってもポリーは無反応に眺めていただろう。彼女の中で何かがぽっきりと折れた。何かたとえようもなく大切なものがもぎとられていた。

「あなたの子よ」こんなことを言わせるラシッドに憎悪を感じる。まだ妊娠三カ月なのだと言えば嫌疑は晴れるだろう。だがポリーの胸には冷たい怒りが満ちあふれていた。これがベラでも彼はそういう態度をとるのだろうか？　彼女の貞操を疑い、自分の子ではないと言い放つのかしら？　ベラをいまだ心に住まわせているラシッドへの憤りが、息苦しいばかりに胸をふさぐ。彼はわたしからの最高の贈り物を見当違いの下劣な非難ではねつけたのだ。自ら自分自身を苦しめているラシッドを、ポリーは苦い満足感をもって冷ややかに傍観していた。

「無精子症は治るものではないんだ」ラシッドは息を荒らげながら、ポリーを鋭い目でにらみつけた。「きみは自分の背信行為が露見することを恐れ、それであの晩ぼくのベッドにやってきたんだろう？　あのときにもう妊娠に気づいていたんだな？　そうだ、そういうことだったんだ！」

そこまで邪推され、ポリーは愕然とした。ラシッドは自分の子だとは信じたくないのだ。少しでもわたしを思う気持ちがあったら、どれほど信じがたくてもわが子と信じるだろうに。なんとか平静を保ちながら、ポリーはつぶやいた。「もうお互い言うことは何もなさそうね。わたしは最初の便でイギリスに帰るわ」

「イギリスに帰る？　だめだ、あの男にはもう二度と会わせない！　ぼくがきみの処遇を決めるまで、きみはここにとどまるんだ」

ポリーは逆らわなかった。医者を呼び戻しさえすれば誤解は解けるけれど、自分からそうするつもりはなかった。下賤《げせん》な思いこみにとらわれていればいるだけ、真実を知ったときの彼の衝撃も大きくなるだろう。この子はわたしの子であり、何があろうと絶対にイギリスに連れて帰る。ラシッドとはもう終わりだ。それに、いま騒いではおなかの子によくない。彼の険しいまなざしにも構わず、ポリーはそっと枕《まくら》に頭を落とし、体に上掛けをかけた。

ラシッドが出ていくと、彼女は長いこと宙を見つめていた。それから寝返りを打ち、熱い涙を頬にしたたらせた。これは自分の愚かさの報いだった。ラシッドは結婚生活の体裁を繕いたかっただけなのだ。その魔法の妙薬がわたしをちやほやすることだった。なのにわたしはあっさりだまされてしまった。彼にしてみれば、ああも簡単にわたしを手なずけられたことが愉快だったに違いない。ポリーは涙をこらえ、怒りの底に埋もれた痛切な悲しみを認めまいとした。

飛行機が離陸する音を身じろぎもせずに聞き、シャサとアシフがすでに昨日帰っていることをせめてもの慰めと考える。これでポリーは独りきりだった。ラシッドもミスター・ソウムズと一緒に乗っていったに違いない。機内でミスター・ソウムズが赤ん坊の話をするのをラシッドは内心の思いを隠して聞くはめになるのだと思うと、ポリーは意地悪くほほえんだ。ラシッドは日が暮れる前にまたこちらに戻ってくるかもしれない。

だが、実際には誰も来なかった。翌日、ポリーはイスメニが夜の間に永遠の眠りについてしまったことを知った。それも偶然に。ポリーはラシッドの部屋を使っていたのだが、ハーレムに入っていくと使用人たちがばたばたと動きまわり、ルイーズの遺品が木箱に詰められていたのだ。

茫然《ぼうぜん》とするポリーに、使用人はイスメニが急逝したことを告げた。「イスメニは高齢だったんです。心臓発作だとお医者さまが言ってました」

書き物机の上には黄ばんだ封筒が積みあげられていた。使用人がそれを処分しようとしているのを見て、ポリーは即座に言った。「それは残しておいて。わたしが預かるわ」

封筒を箱にいれ、ポリーはその場をあとにした。イスメニが大事にしていたルイーズの遺品が無造作に片づけられていくのは見るに忍びなかった。だが、イスメニに長い間振りまわされてきた使用人たちは、その部屋をひさしぶりに大掃除できるのを喜んでいるようだった。ポリーが来るまで、ルイーズの部屋は何十年も使われていなかったのだろう。

ポリーがその手つかずの部屋の不気味さを訴えると、ラシッドはおかしそうに笑ったものだった。彼の腕の中で過ごすようになると、ポリーも幽霊など怖くなくなった。ルイーズは不幸だったけど、わたしは幸せだ、と思っていた。砂漠に住む精霊たちがその慢心した心の声を聞きとったのかしら？　ルイーズ同様、ポリーも愚かな恋の恐ろしさをいま思い知らされている。そして、これまたルイーズ同様、噴水宮殿に一人おき去りにされている。

上階のサロンで、ポリーは自分が持ってきた封筒の束をぱらぱらとめくってみた。表書きに並んでいる判読不能のアラビア文字は、同じ人物の手になるもののようだった。ポリーはそれをきちんと箱に戻した。その箱をわきにおいたとき、ヘリコプターの音がした。ラシッドだと思い、ポリーは窓の外を見ようともしなかった。だからアシフがサロンに入ってきたときにはびっくりした。

「お兄さんの使いでいらしたの？」冷たく尋ねる。

「ラシッドは、ぼくが来ていることさえ知らないんだ」アシフは答えた。「こんなふうにぼくが介入するのを喜びはしないだろうから、このことは黙っていてもらえるかな？」

ポリーは顔をしかめた。「なぜあなたがわたしに会いに来なくちゃならなかったのかしら？」

アシフは一つ深呼吸をしてからたばこをとりだし、火をつけてゆっくり吸いこんだ。

「じつは……パリに愛人を囲っていたのは、ラシッドでなくぼくだったんだよ。ジェズラから聞いているんだろう？　きみとラシッドの関係がおかしくなった原因はそれ以外考えられない」

予想もしなかった話に、ポリーはまじまじとアシフを見た。「あなた、愛人がいたの？」

「もう別れているんだ、そんな目で見ないでほしいな」アシフは弁解がましくつぶやいた。「昨日一人で戻ってきたときのラシッドは、ベラに死なれたときよりもさらに暗い顔をしていた。彼がぼくのために秘密にしているんなら、ぼくがきみに教えてあげなきゃいけないと思ったんだよ」

見当はずれな弁護だということをどう説明しようかと思いながら、ポリーはつばをのみこんだ。「アシフ、わたしはべつに――」

「本当なんだよ、ポリー。フランシーヌはパリのダレイン大使館の職員だった。ぼくは彼女に熱をあげ、ラシッドの名前を無断で使って彼女をアパートメントに住まわせた。父が噂《うわさ》を耳にしたときには、ラシッドがぼくをかばわざるを得なかったんだ」

「あなたのお兄さんはずいぶん立派な倫理観をお持ちなのね」ポリーは辛辣《しんらつ》に言った。

アシフはたじろいだ。「そんなんじゃないんだよ。彼がぼくをかばったのはシャサのため、ぼくが愚かなまねをして結婚生活をめちゃくちゃにしてしまうのを防ぐためだったんだ」そこで彼は声を落とした。「それに、ぼくが父の逆鱗《げきりん》に触れるのを恐れていたから。父はシャサをとてもかわいがっているし、ぼくの所業を知ったら激怒するに決まっている。ぼくはずいぶん前からラシッドを通じ、シャサとぼくを外国に移住させてくれるよう父を説得してきたんだが、愛人を囲っていることがばれたら、自由を手にいれる望みは永久に断たれていただろう」

「お話はよくわかったわ」シャサを思っての怒りが、アシフへの同情でいくらかやわらいだ。アシフは兄夫婦の別居の原因がフランシーヌにあると誤解し、恥を忍んでここまで来たのだ。ポリーにはその誤解を解いてやるつもりはないが。

「それじゃあ信じてくれたんだね？」

ポリーはうなずいた。「ええ」

「シャサには黙っていてくれるね？　いまさらフランシーヌのことを知られたくないんだ。シャサを愛しているんだよ。いまではぼくの目も覚め、もう決してばかなことはしないと断言できる。だから秘密にしておいてくれないか？」

アシフはそう言うが、シャサは夫に別の女がいることを最初から知っていたのではないかしら？　それに、ポリーもそれをラシッドから聞かされて知っている、と思っていたのかもしれない。だがポリーは何も聞いていなかったし、また聞かされなくてよかったと思う。もしアシフの不倫を知っていたら、シャサと会うのが気づまりになっていただろう。

「むろんわたしの口のかたさは信じてくださって結構よ」ポリーは無理にほほえんだ。

「きみならわかってくれると思っていたよ」アシフもほっとしたように笑みをうかべた。

「もしラシッドにお門違いの非難を浴びせていたのなら、きみのほうから早く行動を起こしたほうがいい」

「そうかしら」ポリーは無表情につぶやいた。

アシフはテーブルの上の封筒の箱に視線をさまよわせ、一つを手にとって中の便せんをためらいもなく引きだしながら言った。「広い心を持たないと、永遠に待たされるはめになるよ。ぼくの兄は簡単に謝罪する人間ではないし、これまできみのためにあんなに心を砕いてきたんだからね」

「え？」

手の中の便せんから目をあげ、笑顔で続ける。「家具屋に付きあったり、花束を贈ったり、ホテルに食事に連れていったり、プールを造ったり……。そういうことをラシッドがいつもやっていたと思うのかい？　すべてきみのためじゃないか。彼が女の歓心を買おうとするのを初めて見て、ぼくとしてはすこぶる面白かったよ。あんな内気な男が――」

「内気？　ラシッドが？」

アシフはまた手紙に目を落とし、文字を追いながら言った。「根は内気なんだよ。父の教育でだいぶましになったが、女たらしとはほど遠いタイプだ。まあ、あの頭のおかしな女が死ぬまでは、たとえ女たらしになりたくてもチャンスがなかっただろうけど……。おっと、こいつはすごい！　信じられないな」二枚めの便せんに夢中で目を走らせる。「これ、どこにあったんだい？」

「あなたのおばあさまの机の中よ」ポリーは手紙には興味がなかった。「頭のおかしな女ってどういうこと？」

「これは父上にも見せなくては！　書かれた日付に大変な意味がある」彼は別の手紙を引っぱりだした。

ポリーはいらだった。「手紙のことなんかほうっておいて、質問に答えてよ。いったいどういう意味なの？」

アシフはポリーを見た。「この手紙は祖父が書いたものなんだよ。どうやら返信を受けとっていたらしい。祖父と祖母はずっと別居していたそうだが、じつは和解していたんだな」それからようやくしかめっつらで言った。「おかしくなった女とはどういう意味かって？　ベラが精神を病んでスイスの病院にいれられていたのを知らないのかい？」

ポリーはすっと青ざめた。「知らなかったわ」

「ラシッドから聞いてないんだね？　まあ触れてまわるような話ではないものな。ベラは死ぬ二年ほど前に躁鬱《そううつ》病の診断を受けたんだ。ラシッドは彼女と暮らして地獄を見たんだよ」

ポリーは驚きを隠しきれなかった。

「ぼくがベラに批判的なのも、彼女がラシッドの前で階段の上から身を投げたからなんだ」

茫然とアシフの顔を見る。「自殺したってこと？」

「ラシッドのせいじゃないよ。彼女は病院にいるべきだったんだ。外に連れだしたのは彼女の父親だった。アクメド殿下は娘を病気と認めず、父がラシッドに離婚をすすめているのを知って……。要するに離婚はさせたくなかったんだろう。スイスに飛び、娘をダレインに連れ戻したんだ。ラシッドがニューヨークから帰ってくるのに間にあうようにね。当時シャサが妊娠していたのをアクメドは知らなかった。ベラは使用人の噂からそれを知り、薬が切れていたせいもあって、ラシッドの前で発作的に飛びおりたんだ」

ポリーは気分が悪くなった。何も知らずにベラを心の中で非難していた自分を恥じ、涙声で言う。「ラシッドは全然話してくれなかったわ」

アシフはため息をついた。「責めないでやってくれ、ポリー。あの悪夢のような出来事はみんな忘れたいんだ。ラシッドには離婚する気はなかった。ベラが彼に執着していたからね。ラシッドはベラの死に責任を感じていたが、彼女のためにできるかぎりのことはやっていたんだよ」

ポリーは声をつまらせて言った。「彼、子供を産ませてあげられなかったことを気に病んでたわ」

「子供がいても何も変わらなかっただろうよ。ベラはもともと情緒不安定だったんだ。もし子供がいたとしても、違う原因を見つけだしていただろう。もうラシッドもそれを理解しているといいんだが。ベラが死ぬまで十分苦しんだんだから」

ポリーはハンカチを手探りした。被害者意識を脱したいま、涙がこぼれそうになっていた。

「もう帰らなくては」アシフが居心地悪そうに言い、箱を手に立ちあがった。ポリーは彼がヘリコプターに乗りこむまでなんとか持ちこたえて見送った。

なぜいままでラシッドの苦悩をわかってあげられなかったのだろう？　内心苦しんでいるのは彼も同じだったのに、わたしにはそれがわからなかった。愛と憎しみは紙一重というが、わたしは自分を信じてくれない彼に憎悪を感じていた。彼が苦しめばいいと思っていた。罰を受ければいいと。

ラシッドに言われたとおり、わたしはクリスについてすべてを正直に話していたわけではない。ラシッドもばかではないから、単なる幼なじみではないのではないかと疑っていた。その疑いをわたしは助長させ、とんでもない結論に飛びつかせてしまったのだ。このままではいけない。過ちを二つかけあわせても正しくはならないのだから。

飛行機の音が聞こえたのはあくる日の早朝のことだった。ラシッドが乗っている、とポリーは直感した。慌てて起きだし、使用人を呼んで、十五分後に上階に行くと伝えるよう指示した。だが、ラシッドは待ってはくれなかった。ポリーが乱れた髪をとかしているときに、自分のほうからやってきた。二メートル手前で立ちどまった彼に、ポリーはやっとの思いで目をやった。

黒のジーンズをはいたラシッドは追いつめられた豹《ひょう》のようだった。ポリーの全身をゆっくりと見まわす熱い目が、もう証拠は不要になったことを物語っている。二日前に信じてくれていたら、とポリーはやりきれない気分になった。

「離婚裁判のための証拠集めの過程でわかったのね。医者の診断書をもらったんでしょうから」ポリーは嘲《あざけ》るように切りだした。

ラシッドはその言葉に青ざめ、一歩踏みだそうとした。「ポリー――」

「来ないで！」ポリーは叫んだ。彼はうろたえたように立ちどまり、ポリーは顔をあわせて動揺を誘われまいと下を向いた。ベラの影と張りあっても勝ち目はない。といって二番めという立場に甘んじることもできない。ラシッドに寄せる思いはそんな立場におさまりきれるものではないし、ことここに至っては、子供の母親として受けいれられるだけではだめなのだ。「心からの謝罪や言葉を尽くしての説得は省略してくれて構わないわ」悲しみをこらえて言う。「子供には会わせてあげるけど、もう一緒には暮らせないと思うの」

ラシッドの体がわずかに動いた。「あのときのぼくの気持ちを想像してみてくれ」

「そこを動かないで！」ポリーはぴしゃりと言った。「あなたに近よられると冷静に話せなくなるわ」

ラシッドは背中にまわしていた右手を出し、一本の白ばらとピンクの熊《くま》のぬいぐるみを床においた。「これとともに、この身を生涯きみに捧《ささ》げる」

ひざまずいた彼を、ポリーはぎょっとして見おろした。彼がそこまで思いつめているとは予想外だった。片手を口にあて、目をうるませて言い捨てる。「感動なんかしないわ」

ラシッドはポリーが動揺したすきにすかさずにじりより、彼女の脚に両腕を巻きつけると膝に顔をうずめた。「許してくれ。こんな奇跡が起きるとは信じられなかったんだ。十年間、自分に子供は作れないと信じこんでいたんだから」

黒いつややかな髪が握り拳に触れると、ポリーはその髪にさわりたくなった。彼を抱きしめたかった。それに、彼の切実な訴えに耳を貸さずにいられなかった。こわばったラシッドの肩に片手を這《は》わせ、彼女はささやいた。「あなたはわたしを手ひどく傷つけた。幸せの絶頂にいたわたしを、いきなり悪夢のただなかに突き落としたのよ」

ラシッドは苦渋のにじんだ目をあげた。「本当にすまなかった。だが、十年という歳月を考えてくれ、ポリー。きみの妊娠を告げられて、ぼくがどれほどショックを受けたか」

「あなたはとっさにわたしが――」

「とっさにぼくがきみをあの男のもとに走らせてしまったのだと思ったんだ。ショックのあまり、ほかの可能性を考えつかなかった」

ポリーは顔を赤らめた。「わたしも悪かったのよ。あなたと結婚したときにはクリスを愛しているんだと自分で思いこんでいたんだけど、それが愛ではなかったことに気がつくと、自分がばかみたいに思えてきて、もう彼のことはいっさいなかったことにしたくなってしまったの」

ラシッドは彼女の手のひらに唇を押しつけた。「結婚式のときにはきみを疑いはしなかった。彼のほうはきみに気がありそうだったが、きみにはその気はないと見たんだ。だが、きみの実家で二人が抱きあっているのを目にしたときには……彼を八つ裂きにしてやりたかった」

「あのときは彼、つい魔がさして――」

「もう彼の話はいいよ。肝心なのはベラのことだ。飛行機に乗りこんでから初めて気づいたんだよ。彼女が嘘《うそ》をついていたのかもしれないってことに」

「嘘?」ポリーはぽかんとした。

ラシッドはしゃがれ声で笑った。「そう、嘘だ。まさかとは思った。彼女がそんな途方もない嘘をつくなんてね。いままでは彼女が批判されないようかばってやらなければならないと感じていたし」

「わかるわ。アシフが……」言いかけ、ポリーは慌てて口を押さえた。ラシッドはため息をついた。

「いいんだよ。アシフがここに来たことはわかっている。ゆうべ父に例の手紙を渡しているところを見られてはアシフも隠しきれず、きみに話した内容をすっかり白状した。アシフの言ったことには多少の誇張がある。あいつの話は大げさなんだ」

ラシッドはポリーの手を放して立ちあがった。

「ベラは自殺したわけではない。誤って転落したんだ。ひどくとり乱し、ヒステリックに泣いていたからね。彼女に自殺願望があったことは否定しないが、本当に死ぬ気だったらあんな方法はとらないだろう。あれは事故だったんだ。それでもぼくの罪悪感は薄れなかったけどね。一昨日《おととい》ここを出たあと、ぼくはロンドンに飛んだ」

「ロンドンに？」

「ベラがかかっていた専門医に会いにいったんだ。彼女がぼくを欺いていたのか否かを確かめるためにね。その医者の話を聞き、きみを疑うなんていかに理不尽だったかを思い知らされたんだ」

「彼女にだまされていたなんて、ショックだったでしょうね」ポリーはそっと言った。

「いや、医者の言葉は人生最大の朗報だったよ。自責の念から解放されたんだからね」ラシッドは肩をわずかにそびやかした。「ぼくは彼女を愛していたわけではない。妻として大事にはしていたが、彼女の愛にはこたえられなかった。彼女は対等なパートナーとしてぼくに向きあおうとはしなかった。ぼく以外の人間にはいっさい打ちとけず、家族全員を嫌っていた。ぼくの前ではおとなしかったが、使用人にもつらく当たっていたようだ。むろん心を病んでいたからだが、結婚した当初はそうとも知らず、結局最後まで彼女を愛せなかった」

青ざめた顔に悔恨をにじませてポリーを見た表情からして、彼がそういった本心を他人に明かすのはこれが初めてなのだろう。

「子供ができない原因がぼくにあったと告げて間もなく、彼女はぼくとベッドをともにしたがらなくなった。彼女の心の病を知ってからは、ぼくもそれを仕方のないことだと思うようになったんだよ」

わたしは何もわかっていなかったのだ、とポリーは痛感した。思わず立ちあがり、ラシッドに近づいてぎゅっと抱きしめる。自分がベラに同情していたなんて、いまは皮肉なことに思われた。ベラはラシッドを失いたくないばかりに嘘をついていたのだ。

「いまでは彼女の魂もやすらぎを得ているわ」嫉妬《しっと》の感情はもう跡形もなかった。

「だが、ぼくの心はやすらかではない。きみなしでは生きられないんだ」ラシッドがポリーを見つめ、真剣な口調で言った。「きみを愛している」

「ええ」ポリーは声を震わせた。彼の気持ちが深く胸にしみていた。

ラシッドは彼女をかたく抱きしめた。「きみがインフルエンザで倒れたときには、そばを離れることができなかった。そしてきみが弟や妹の世話をするのを見たときに、これは愛だと自覚したが、いままではその愛を自ら抑圧してきた。でも、これからはもう一生きみを離さない」ラシッドはせつなげにポリーの唇を求め、それからはもう二人とも話をするような気分ではなくなった。

しばらくののち、ポリーは眠たげな声でアシフが持っていった手紙のことを尋ねた。

「ぼくたちが向こうに帰るころにはすべてがはっきりしているだろうが、ルイーズはやはりサリムを許していたようだ。ただし宮殿に帰るのはあくまで拒んだ。サリムはプライドの高い男だったから、ルイーズと和解したことを息子にも知られたくなかったんだろう。父はずいぶん喜んでいたよ。だが、ぼくのほうにもっと重要なニュースがあったから、彼らの話は中途半端になってしまったんだ」

「重要なニュースって?」

ラシッドはにっこり笑った。「ぼくが八月に父親になるっていうニュースさ。もう黙ってはいられなかったんだ」

「八月というのは、訂正したほうがいいわ。六月にね」ポリーも微笑をうかべた。彼はポリーがいつ身ごもったのかを確かめないまま、自分の子と信じてくれたのだ。

「そんなに早く?」ラシッドは声をあげた。

ポリーは彼の驚きようにもすましていた。この子が宿ったのがこの世の七不思議ならぬ八番めの奇跡だとしたら、もう一つ、九番めの奇跡も起きていた。「それに、そのぬいぐるみはブルーのにかえてくるといいわ。この子は男の子よ」

「どっちだっていいさ」ラシッドは彼女の腹部に手をやった。「赤ん坊は赤ん坊。ぼくたちの子だ」

「お父さまはなんておっしゃったの?」

「最初は喜びのあまり声もなかったよ。ぼくがベラのことを説明すると、彼女の言葉をうのみにしていたおまえは大ばか者だと言われた。もういまごろは宮殿中の人間が知ってるだろうね——父が大声でどなったから」

「アシフやシャサはどう思っているのかしら」

「アシフもその場にいて、喜んでくれた。もう父も、シャサやその子供たちにダレインから離れるなとは言わないだろう。彼ら一家はかねてからの望みどおり、ロンドンかニューヨークに移住するだろう」

ポリーはほっとして吐息をもらした。「じつを言うと、あの晩わたしをあなたの寝室に連れていったのはイスメニだったのよ。わたしはどこに連れていかれるのか、まったく知らなかったの」

「それももう見当がついていたよ」明るいブルーの目がピンクにほてった彼女の顔をからかうように見つめた。「昼食がすんだら、あのすてきなネグリジェを着てくれないか？もう一度あのひとときを再現するんだ。罪を償うのに最適の方法だろう？」

●本書は2003年12月に小社より刊行された作品を文庫化したものです。

誘惑の千一夜
2024年3月1日発行　第1刷

著　者　リン・グレアム

訳　者　霜月　桂（しもつき　けい）

発行人　鈴木幸辰

発行所　株式会社ハーパーコリンズ・ジャパン
東京都千代田区大手町1-5-1
04-2951-2000（注文）
0570-008091（読者サービス係）

印刷・製本　中央精版印刷株式会社

定価はカバーに表示してあります。
 ISBN978-4-596-53637-2

3月2日発売

ハーレクイン・シリーズ 3月5日刊

ハーレクイン・ロマンス

愛の激しさを知る

イタリア富豪と最後の蜜月 《純潔のシンデレラ》	ジュリア・ジェイムズ／上田なつき 訳
愛されない花嫁の愛し子 《純潔のシンデレラ》	アニー・ウエスト／柚野木　菫 訳
愛と気づくまで 《伝説の名作選》	ロビン・ドナルド／森島小百合 訳
未熟な花嫁 《伝説の名作選》	リン・グレアム／茅野久枝 訳

ハーレクイン・イマージュ

ピュアな思いに満たされる

偽りの薬指と小さな命	クリスティン・リマー／川合りりこ 訳
パリがくれた最後の恋 《至福の名作選》	ルーシー・ゴードン／秋庭葉瑠 訳

ハーレクイン・マスターピース

世界に愛された作家たち
～永久不滅の銘作コレクション～

裁きの日 《特選ペニー・ジョーダン》	ペニー・ジョーダン／小林町子 訳

ハーレクイン・ヒストリカル・スペシャル

華やかなりし時代へ誘う

ハイランダーの花嫁の秘密	テリー・ブリズビン／深山ちひろ 訳
運命の逆転	ポーラ・マーシャル／横山あつ子 訳

ハーレクイン・プレゼンツ作家シリーズ別冊

魅惑のテーマが光る極上セレクション

愛の使者のために	エマ・ダーシー／藤峰みちか 訳

ハーレクイン文庫

「愛を忘れた氷の女王」
アンドレア・ローレンス／大谷真理子　訳

大富豪ウィルの婚約者シンシアが事故で記憶喪失に。高慢だった“氷の女王”がなぜか快活で優しい別人のように変化し、事故直前に婚約解消を申し出ていた彼を悩ませる。

「秘書と結婚？」
ジェシカ・スティール／愛甲　玲　訳

大企業の取締役ジョエルの個人秘書になったチェズニー。青い瞳の魅惑的な彼にたちまち惹かれ、ある日、なんと彼に2年間の期限付きの結婚を持ちかけられる！

「潮風のラプソディー」
ロビン・ドナルド／塚田由美子　訳

ギリシア人富豪アレックスと結婚した17歳のアンバー。だが夫の愛人の存在に絶望し、妊娠を隠して家を出た。9年後、息子と暮らす彼女の前に夫が現れ2人を連れ去る！

「甘い果実」
ペニー・ジョーダン／田村たつ子　訳

婚約者を亡くし、もう誰も愛さないと心に誓うサラ。だが転居先の隣人の大富豪ジョナスに激しく惹かれて純潔を捧げてしまい、怖くなって彼を避けるが、妊娠が判明する。

「魔法が解けた朝に」
ジュリア・ジェイムズ／鈴木けい　訳

大富豪アレクシーズに連れられてギリシアへ来たキャリー。彼に花嫁候補を退けるための道具にされているとは知らない彼女は、言葉もわからず孤立。やがて妊娠して…。

「打ち明けられない恋心」
ベティ・ニールズ／後藤美香　訳

看護師のセリーナは入院患者に求婚されオランダに渡ったあと、裏切られた。すると彼の従兄のオランダ人医師ヘイスに結婚を提案される。彼は私を愛していないのに。

ハーレクイン文庫

「忘れられた愛の夜」
ルーシー・ゴードン／杉本ユミ　訳

重い病の娘の手術費に困り、忘れえぬ一夜を共にした億万長者ジョーダンを訪ねたベロニカ。娘はあなたの子だと告げたが、非情にも彼は身に覚えがないと吐き捨て…。

「初恋は切なくて」
ダイアナ・パーマー／古都まい子　訳

義理のいとこマットへの片想いに終止符を打つため、故郷を離れてNYで就職先を見つけたキャサリン。だが彼は猛反対したあげく、支配しないでと抗う彼女の唇を奪い…。

「華やかな情事」
シャロン・ケンドリック／有森ジュン　訳

一方的に別れを告げてギリシアに戻った元恋人キュロスと再会したアリス。彼のたくましく野性的な風貌は昔のまま。彼女の心はかき乱され、その魅力に抗えなかった…。

「記憶の中のきみへ」
アニー・ウエスト／柿原日出子　訳

イタリア人伯爵アレッサンドロと恋に落ちたあと、あっけなく捨てられたカリス。2年後、ひそかに彼の子を育てる彼女の前に伯爵が現れる。愛の記憶を失って。

「情熱を捧げた夜」
ケイト・ウォーカー／春野ひろこ　訳

父を助けるため好色なギリシア人富豪と結婚するほかないスカイ。挙式前夜、酔っぱらいから救ってくれた男性に純潔を捧げる――彼が結婚相手の息子とも知らず。

「やどりぎの下のキス」
ベティ・ニールズ／南　あさこ　訳

病院の電話交換手エミーは高名なオランダ人医師ルエルドに書類を届けたが、冷たくされてしょんぼり。その後、何度も彼に助けられて恋心を抱くが、彼には婚約者がいて…。

ハーレクイン文庫

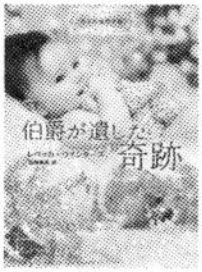

「伯爵が遺した奇跡」

レベッカ・ウインターズ／宮崎亜美　訳

雪崩に遭い、一緒に閉じ込められた見知らぬイタリア人男性リックと結ばれて子を宿したサミ。翌年、死んだはずの彼と驚きの再会を果たすが、伯爵の彼には婚約者がいた…。

「あなたに言えたら」

ステファニー・ハワード／杉　和恵　訳

3年前、婚約者ファルコとの仲を彼の父に裂かれ、ひとりで娘を産み育ててきたローラ。仕事の依頼でイタリアを訪れると、そこにはファルコの姿が。まさか娘を奪うつもりで…？

「尖塔の花嫁」

ヴァイオレット・ウィンズピア／小林ルミ子　訳

死の床で養母は、ある大富豪から莫大な援助を受ける代わりにグレンダを嫁がせる約束をしたと告白。なすすべのないグレンダは、傲岸不遜なマルローの妻になる。

「天使の誘惑」

ジャクリーン・バード／柊　羊子　訳

レベッカは大富豪ベネディクトと出逢い、婚約して純潔を捧げた直後、彼が亡き弟の失恋の仇討ちのために接近してきたと知って傷心する。だが彼の子を身ごもって…。

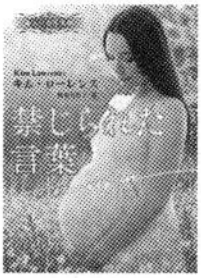

「禁じられた言葉」

キム・ローレンス／柿原日出子　訳

病で子を産めないデヴラはイタリア大富豪ジャンフランコと結婚。奇跡的に妊娠して喜ぶが、夫から子供は不要と言われていた。子を取るか、夫を取るか、選択を迫られる。

「悲しみの館」

ヘレン・ブルックス／駒月雅子　訳

イタリア富豪の御曹司に見初められ結婚した孤児のグレイス。幸せの絶頂で息子を亡くし、さらに夫の浮気が発覚。傷心の中、イギリスへ逃げ帰る。1年後、夫と再会するが…。

ハーレクイン文庫

「身代わりのシンデレラ」

エマ・ダーシー／柿沼摩耶　訳

自動車事故に遭ったジェニーは、同乗して亡くなった友人と取り違えられ、友人の身内のイタリア大富豪ダンテに連れ去られる。彼の狙いを知らぬまま美しく変身すると…？

「条件つきの結婚」

リン・グレアム／槙　由子　訳

大富豪セザリオの屋敷で働く父が窃盗に関与したと知って赦しを請うたジェシカは、彼から条件つきの結婚を迫られる。「子作りに同意すれば、2年以内に解放してやろう」

「非情なプロポーズ」

キャサリン・スペンサー／春野ひろこ　訳

ステファニーは息子と訪れた避暑地で、10年前に純潔を捧げた元恋人の大富豪マテオと思いがけず再会。実は家族にさえ秘密にしていた――彼が息子の父親であることを！

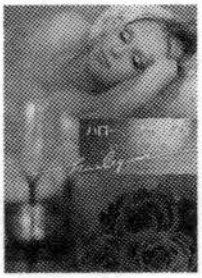

「ハロー、マイ・ラヴ」

ジェシカ・スティール／田村たつ子　訳

パーティになじめず逃れた寝室で眠り込んだホイットニー。目覚めると隣に肌もあらわな大富豪スローンが！　関係を誤解され婚約破棄となった彼のフィアンセ役を命じられ…。

「結婚という名の悲劇」

サラ・モーガン／新井ひろみ　訳

3年前フィアはイタリア人実業家サントと一夜を共にし、妊娠した。息子の存在を知った彼の脅しのような求婚は屈辱だったが、フィアは今も彼に惹かれていた。

「情熱を知った夜」

キム・ローレンス／田村たつ子　訳

地味な秘書ベスは愛しのボスに別の女性へ贈る婚約指輪を取りに行かされる。折しも弟の結婚に反対のテオが、ベスを美女に仕立てて弟の気を引こうと企て…。